僕の愛した君のすべてが、この世界に響きますように

角川文庫
24237

大好きな君が私を映してくれることが、とても嬉しい
撮ってもらった動画は、何回も見返すくらい宝物なんだ
君も、何度も見てくれてたらいいな
私の声を、忘れないように

目次

第一章　撮るつもりなんてなかったのに

「なあ直樹（なおき）、ゲーセン行こうぜ！」

「月曜行ったばっかじゃん」

「俺は漫画の新刊見たいから本屋の方がいいな」

「ねえ、今リンク送ったＭＶ、ヤバくない？」

「あ、これ見た！　分かる、イントロから泣けるよね」


三日前に文化祭が終わって緊張感が緩んだせいか、帰りのショートホームルームが終わった後の教室にはどこかフワフワした空気が漂っていた。

九月もまもなく下旬に入るため残暑も大分和らいでいて、下敷きをうちわ代わりにして扇（あお）いでいる人はいなくなったし、何人かの生徒が「朝は意外と冷え込む」と衣替えを待たずにブレザーを着ている。

「有斗（あると）、文化祭の写真、今送ったぞ」

「おー、サンキュ」

グループメッセージに四枚の写真が送られてきた。「黒崎高校二年七組　大正浪漫喫茶」と大きく書かれた黒板の前で、俺を含む男子五人が、濃紺の袴に黒の羽織姿で立っている。

五月に体育祭、七月に修学旅行を終えているので、二年生もいよいよ受験生への秒読みが始まる。今はそのちょうど谷間の時期。部活のないクラスメイトは、それぞれ自由な時間を謳歌していた。

俺もその中の一人。教室に残る必要はないけど、家に帰ってもやることはないので、なんとなく教室で過ごしている。

「なあ有斗、この動画見てみろよ」

「どれ？　リンク送って」

友達の水原がそう言って隣に来ながら、動画のリンクを送ってくれた。「【高学歴女子のオンライン授業】数列のシグマを徹底解説！」とタイトルの付けられたその動画は、最近始めたらしいユーチューバーの投稿だった。モデルのように綺麗な女性が、白衣を着てホワイトボードを使って解説している。高学歴は本当らしく、確かに説明も例題も分かりやすかった。

ただ、動画の作り方自体はまだ勉強中らしい。雑談を切り貼りしてる部分は少し間延びしてるし、いきなり本編に入らない構成の方が視聴者の目を引き付けやすい。

「どう、結構分かりやすくない？」

「うん、普通に受験勉強で使えそうだな。この人すっごく美人だけどタレント？」

「普通の学生らしいよ。この調子で他の教科もやってほしいなあ！」

「水原はこういう顔の女子好きだもんな」

　動画のクオリティーの話は口に出さずに、バカ話に興じる。そのうち、他の友達も集まってきて、ワイワイと動画を見ながら数列の復習が始まった。

　こうして輪の中に入って騒いでいるのは楽しい。でも、こういうときに決まって、頭の中でもう一人の自分が顔を覗かせる。怒っているような、あるいはどこか嘲るような表情で、「お前に幸せな学校生活を送る資格なんてないのに」と呟く。小さく、でもはっきりと聞こえる声で。

　そして俺は、笑顔を抑えて帰り支度を始める。楽しい場所にいるといつもこうだ。こんなときは早く帰った方がいい。ベッドに寝転んで、一人で過ごそう。

「ねえ、北沢」

　黒のリュックにペンケースを入れていると、頭上から不意に声をかけられる。座っている机の正面に見える灰色のプリーツスカートからネイビーのブレザーへと目線を上げていくと、そこにはクラスメイトで中学二・三年でも同じクラスだった三橋咲乃が立っていた。

「三橋、何か用？」

「あのさ、チーちゃんが話があるんだって」

黒髪のセミロングを揺らして三橋が後ろを振り向くと、同じくクラスメイトの季南千鈴がひょいっと顔を出した。

「季南、どうしたの？」

これまで二人でまともに話したことなんて数回しかないであろう彼女は、次の言葉を探すように「あー……」と小さく声を漏らした。直前まで友達とはしゃいでいたのか、学年カラーのエンジ色のネクタイが少し曲がっている。

やがて彼女は、周囲の視線を気にするように辺りをチラチラと確認した後、俺の耳元に顔を寄せた。

「北沢君、ちょっとこの後、大丈夫？」

何の話なのか分からないけど、用事があるわけでもないから断る理由はなかった。

「ん、別に大丈夫だけど」

「良かった、じゃあちょっと一緒に来てくれる？」

俺の答えに安堵したのか、彼女は柔らかく微笑む。

その笑顔に少し見蕩れつつ立ち上がり、俺は四月に一緒のクラスになってから初めて、彼女のことをまじまじと見た。

明るい茶色の髪は、首がギリギリ隠れないくらいのミディアムヘア。前髪は外にハネていて、隙間からちらっとおでこが見えている。目鼻立ちも整っているし、顔の輪郭もシャープで、クラスの男子が「可愛い」と言ってるのを何度も聞いたことがある。実際、笑いかけられた俺もドキッとしてしまった。

ハイテンションというわけではないものの快活な性格の季南は、クラスでも男女誰とでも仲良くやっている。彼女をいつも目で追っているから知ってるわけじゃない。演劇部で役者をやって鍛えているせいか、彼女が話す声は教室でもよく聞こえるのだ。通るけど耳障りじゃない声を響かせて、友達と話したりはしゃいだりしているその姿は、さながら雪に喜んで吠(ほ)えながら庭を駆け回る小犬のようだった。

「なあ、季南、どこに行くんだ？」

「えっと、空いてる教室に行こうと思って」

二階の廊下を曲がり、屋外の渡り廊下を通って北校舎に向かいながら、俺の三歩前を歩く季南は頭の後ろで手を組んで返事をする。

と、突然、「そうそう」とこっちを振り返った。

「北沢有斗って語感いいよね！」

「そうか？」
「うん、アルトってのがいい。音楽のアルトから取ってるの？」
「ああ、うん、なんかそうらしい。父さんと母さん、合唱団かなんかで出会ったんだってさ」

中身のない雑談をしつつも、俺の頭の中では色々な想像が渦を巻いていた。

放課後、高校生の男女、空き教室。脳内で何回キーワードを検索しても、ヒットするのは「告白」だけ。でも、そんな期待は全くなくて、逆に何か文句でも言われるのでは、と不安を抱いてしまう。

なにしろ、季南とはほとんど接点がない。元気で割と目立つ彼女は、この前の文化祭でも演劇部で主要キャストの一人を演じていた、と公演を観に行った友達が話していた。一方の俺は、そこそこ友達ともうまく付き合いながら、なるべく目立たないようにしている。文化祭のクラスの出し物では装飾チームで彼女と一緒になったけど、チームは十人もいたし、彼女と絡んだのも数回だけだ。

告白の訳がないし、他にどんな用事があるのか見当もつかなかった。

「あ、ここ空いてるみたい」

ずぶずぶと思考の深みに入っていた俺を現実に引き戻す、弾むような季南の声。

三階の西端、「集会室」と書いてある部屋の引き戸をガラガラと開ける。長机の他に、パイプ椅子やホワイトボード、教卓が置いてあるその部屋は、集会室というよりほぼ備品置き場と化している。「鍵かければいいのにね。まあこんなの誰も盗まないだろうけど」と冗談っぽく口にしながら、彼女はパチンと電気を点けた。

「北沢君、座る場所作るから手伝ってくれる？」

「あ、ああ」

彼女から指示されるがまま、天板同士を合わせるように反転して重ねられている長机をおろし、二台の長辺同士をくっつけて大きな机にする。続いて、折りたたんで重ねられていたパイプ椅子を取り出して手早くガシャガシャと開き、お互い向かい合わせに座った。

「あのさ……変な質問なんだけど、北沢君、今彼女いる？」

「え？　あ、いや……いないけど」

突然彼女の有無を訊かれ、一瞬だけ「やっぱり告白なのかな」と思い、すぐにその想像を脳内で搔き消す。そんな仲でもないし、万が一そうだったとして、自分なんかが受けていいはずがない。楽しい学校生活を送っていいはずがない。それでも彼女の言動一つ一つに心が右へ左へと揺さぶられ、なんだか落ち着かない。

そんな俺の動揺に気付いていない彼女は、喜色を湛えて両手をパンと合わせる。

「いないなら良かった。ちょっと相談しやすくなる」

ホッと安堵の表情を浮かべ、季南は胸を撫でおろす。そして、どんな相談が来るのかと考える前に、季南千鈴は、続けて口を開いた。

「実は……私、ユーチューバーやってみたくて」

「……え？」

「友達から噂で聞いたんだけど、北沢君、前に何人かのグループでユーチューバーやってて、動画の撮影とか編集担当してたんでしょ？　それで、少しだけ協力してもらえないかなって」

その質問に、活発に体内を動いていた血液が瞬時に巡るのをやめたかのような感覚に陥る。一年前のことを、動画で同い年くらいの人たちをたくさん傷つけていた頃を思い出して、体が芯から冷たくなっていく。

「北沢君？」

思うように表情が作れず、呆然としている俺の顔を、季南が身を乗り出して下から覗き込んだ。

例えば、運命の歯車みたいなものがあるのだとしたら、俺と彼女の、大きさも歯形も全く違う歯車が、今ここに二つ並んでいる。嚙み合うことのなさそうなそれは、コツンと音を立てながらぶつかった。

夏を過ぎて日が短くなったとはいえ、夕方前はまだまだ昼のように明るい集会室を、静寂が包む。離れた校庭から、俺のリアクションを急かすようにサッカー部の甲高いホイッスルが小さく聞こえた。

「誰……から聞いたんだ、俺の動画の話」

「咲ちゃんだよ。部活の時にさ。中学三年のときに一緒だったんでしょ？」

「ああ、三橋も演劇部だったな。ごめん、自分からはその話言ってなかったから、ちょっと気になってさ」

「え、そうなの？　ごめんね、他のみんなには言わないでおくから」

両手をパチンと合わせて頭を下げる。俺が口外してほしくないことを察してこんな風に気遣ってもらえるのは、内心とてもありがたかった。

「さっきの話、どうかな？　もちろん、動画の企画はちゃんと自分で考えるし、撮影や編集も少しずつ覚えていくから！」

ほとんど話したこともないクラスメイトから動画の手伝いをお願いされる。藪から棒、とは正にこのことだった。

「それで彼女がいるかって訊いたのか」

「そうそう。もしいたら放課後一緒に作業するの、相手も嫌がるかもしれないと思って。私も相手いないからちょうどいいし」

なるほど、そこまで気を回したうえで、頼もうと考えてくれたのだろう。

でも。

「なんでユーチューバーなんてやりたいの？　お小遣い稼ぎ？」

敢えて放った意地の悪い質問に、「んん」と彼女は右手でおでこを押さえる。茶色の前髪が、返事に悩んでいるようにフッフッと左右に揺れた。

「そういうのじゃないの。ちょっと、どうしてもっていうか……」

その答えに、俺は彼女に聞こえないように溜息をついた。

色んな企画を動画にして、配信サイトであるユーチューブに投稿する配信者、通称ユーチューバー。趣味でやっている人も多いけど、かなりの人気が出ると再生数に応じてお金が入るようになるので、子ども達にとっては「楽しそうな仕事！」と人気の職業になっている。お小遣い稼ぎや一攫千金を夢見て多くの人が動画を投稿しているので、普通の動画では抜きんでた人気を取ることは難しい。かなり過激な企画も増えてきているし、「ダンス系」「大食い系」さらには「DIY系」「溶接系」など特定の分野で勝負するユーチューバーも次々に出てきていた。

そんなユーチューバーにどうしてもなりたい、というのはどんな理由なんだろう。クラスの女子と話しているときに話題に挙がったのだろうか。「千鈴やってみたら？　人気出るって！」などと焚きつけられて、やる気になったのだろうか。はたまた、S

NSのフォロワーを増やすための作戦の一つだろうか。

いずれにせよ、そんなところだろう。手伝う気にはなれない。

「ごめん、せっかくだけどちょっと難しいかな。他の人を当たってくれない？」

「ああ、うん、そっか……」

季南は、持ち上げていた右手をどうしていいか分からなくなったのか、耳に当てて柔らかく撫でるようにゆっくり掻く。「他の人、探すの難しそうだな」と言いながら、困ったように眉を下げて無理のある笑顔を作った。

「どうしてもダメかな？　初めの頃だけでもいいの。すぐにやり方覚えて、全部自分で作れるようにするから」

「そんなに簡単なものじゃないけどね」

関わるのは嫌だ、というつもりで断っているのに、動画制作の作業を軽く見られるとつい食ってかかってしまう。自分の中でとっくにひしゃげている、それでも折れることのないプライドのようなものが、少し恨めしく思えた。

「……悪い、動画編集は当分やらないって決めてたから」

「ん……分かった、ありがと」

唇を内側に巻き込み、小さく頷いて頭を下げる彼女。少し残念そうだけど、ここまで言い切ったら諦めてもらえるだろう。

「ごめんな、帰ろうぜ」

先に一人でパイプ椅子を畳んで元の場所に戻し、リュックを背負う。そして長机も片付けようとした、その時だった。

ガシッ

右腕を強く摑まれる。

驚いて振り向くと、視線はすぐに季南の顔を捉えた。

口をキュッと結び、何度も瞬きをして、今にも泣きだしそう。まるで、一人ぼっちで誰かに助けてもらえるのを待っている河原の子犬のような、そんな表情だった。

「……お願い、北沢君」

消え入りそうな声で、彼女は三度目のお願いを口にした。

一体どんな事情があって、こんなに懇願してくるのだろうか。ここまで動画を投稿したい理由は何なんだろう。「人気者になりたい」「お金を稼ぎたい」という単純なものではなさそうだ。自分の中で一瞬芽生えた好奇心を必死に抑える。他のことなら全部ちゃんと相談に乗るのに、なんでよりによって動画なのか。

「いつかちゃんと説明するけど、急がないといけないの。だから、お願いします」

深々と頭を下げる季南を見て、心がざわりと揺れる。「このまま彼女を見捨ててしまって良いのか」という迷いが胸をよぎる。

「どんな動画を作りたいの？」

俺の声に飛びつくように、彼女は勢いよく顔をあげた。

「まだ決めてないけど、別に人に迷惑かけるような動画にはしないよ」

「そっか」

彼女がやりたい理由は全く分からないけど、数回手伝うくらいなら罰は当たらないだろうか、と自分に言い聞かせる。そのくらい、彼女の目には真剣さが宿っていた。

「……まあ、何回かだけなら」

その返事に、彼女は目を見開く。喜びがありありと浮かびながらも、瞳（ひとみ）は涙で潤んでいた。

「ホントに！　ホントにやってくれるの？」

「ああ。でも俺が関わってることはナイショにしてほしい」

「うん。わかった！　北沢君、本当にありがとう！」

さっきまでガシッと握られていた腕を優しく掴み直され、ブンブンと振られる。同じ階の東側から聞こえる、祝福するかのようなトランペットのアンサンブル。

九月十八日、水曜日。こうして俺は、クラスメイトの季南千鈴の動画制作を手伝うことになった。

第二章　それぞれの理由

翌日、十九日の木曜、昼休み。昨日より暖かく、お昼時の今はブレザーだと暑いくらいだった。光を貼り付けるように窓ガラスを照らす陽光が、廊下に白色のプリズムを作る。

弁当を食べ終えても微妙にお腹が足りず、購買部にパンを買いに向かっている廊下で、ブレザーのポケットのスマホが振動した。

それは、クラス替えの四月以降、全く音沙汰のなかった季南からのメッセージ。直前のやりとりは四月九日、向こうの『よろしくね～』に対して、俺が返した、『よろしく！』というメッセージとお辞儀しているパンダのスタンプで止まっている。

『放課後、昨日の集会室で作戦会議しよう！』

たったそれだけの文章だけど、少しドキッとしてしまい、心臓が早鐘を打つ。

『よろしく！』

半年前と同じ返事、だけど今回は形式的な社交辞令じゃないのが、何だか嬉しい。

「ねえ、北沢」

「三橋、どした」

後ろから声をかけられる。季南に俺を紹介した張本人、三橋咲乃にポンと背中を叩かれた。

「チーちゃんから聞いたよ。相談乗ってくれたんだって、ありがと」

「いや、困ってるみたいだったからな」

俺の顔を見て何か思い出したのか、三橋は「あっ」と小さく叫び、周りに聞いている人がいないか確認した。

「ユーチューバーやってたこと、ナイショにしてたんだよね、ごめん」

「それは俺も口止めしてたわけじゃないし大丈夫だよ、気にしないで」

三橋はホッとした表情を見せる。後ろで縛った黒髪が、体の動きに合わせて尻尾のように揺れた。

「なんか、おじいちゃんおばあちゃんに送るためのビデオレターを何本か作りたいって言ってたからさ。北沢のこと思い出して紹介したんだ」

「おじ……ああ、そうなんだよ。どこで撮るかとかこれから考えるんだ」

なるほど、恥ずかしかったのか、ユーチューバーのことは秘密にしているらしい。

どうやら本当のことを知っているのは俺だけのようだ。季南の意図を汲んで、口裏を合わせておいた。

「ううん、コロネもいいなあ」

購買部では総菜パンを買うつもりだったのに、見た目の誘惑に負けて、上にもチョコがかかったチョココロネを買ってしまった。潰れないように抱えて戻る途中、通りすがりの男子に声をかけられる。

「よっ、アルト」

「おお、慶か。元気？」

幼馴染の吉住慶。俺とほぼ変わらない百七十五センチくらいの背丈で、やや短めの黒髪をワックスで立てている。上半分だけリムがある、シルバーカラーのメガネの奥で、眉をクッと上げているのが分かった。

「おう、元気だよ。文化祭も終わったし、あとは受験まっしぐらだな」

「だな。土日に模試がたくさん入るかと思うとイヤになるぜ」

だよな、と真っ白な歯をにいっと見せて苦笑する彼と一緒に、校舎二階の西側にある、北校舎と南校舎を結ぶ屋外の渡り廊下まで歩いた。下の中庭にあるベンチでは、女子が座ってスマホで写真を撮り合いながら談笑している。

「まあ慶は頭良いから焦って受験勉強始めないでも大丈夫だろうけど」

「そんなことないって。理系合ってないんじゃないかって気がしてきたよ」

そう言って、理系の成績上位五人から落ちたことのない慶は謙遜する。二年の文理選択で分かれてしまったのでもう同じクラスになることはないけど、話し方や笑い方は中学、いや、小学校五年の頃から変わっていない。

「……動画、また作るんだ」

俺の言葉に、彼は目を丸くする。俺の動画に纏わる件をちゃんと知っている唯一の親友だけに、少なからず驚いたらしい。

やがて、不安を交ぜた声音で「そっか」と一言だけ返す。

「アルトが一人で作るのか？」

「いや、クラスの女子に頼まれた。季南千鈴って子なんだけど、三橋経由で相談が来てさ」

「ああ、三橋がアルトの動画のこと覚えてて紹介したってことか」

察しの良い慶は、大まかな経緯を把握したらしい。

「お前が手を貸すなんて意外だな」

「……真剣に頼まれたから、な」

正直、自分自身でもなぜ引き受けようと思ったのかよく分からない。でも、彼女の本気さが伝わってきて、力になりたいと思ったのは間違いなかった。

「じゃあ、そろそろ教室戻るよ。アルト、なんかあったらいつでも相談乗るからな」

「ああ、ありがとな」

廊下で手を振って別れ、俺はシャーペンの芯(しん)を買い忘れたことに気付いて早足で購買部に戻った。


「まだ……来てないか」

放課後、季南とは別々のタイミングで教室を出る。下手に知り合いに会って「どこ行くの」と余計な詮索(せんさく)をされないよう、注意しながら北校舎に向かった。

こっそりと昨日の集会室に入ったものの、彼女はまだいない。こんな無人の部屋におよそ必要ないだろうと思える緑のカーテンとレースの白いカーテンを捲(まく)り、少しだけ窓を開けると、ちょうど良い温度の風が部屋に吹き込んだ。

「ふう」

パイプ椅子を開いて座り、深呼吸を一つ。この無人の部屋で二人きりになることに改めて緊張してしまう。季南と何か特別な関係になったわけでもないけど、「クラスメイトの女子と秘密を抱えている」ということに不思議な高揚感を覚えた。

でもそんなことを考えていると、いつも通り、頭の中にもう一人の自分が現れる。

そして「他の人を傷つけたお前が、幸せになっていいと思う?」と話しかけてきて、膨らんだ高揚感が破裂し、冷静になった心が萎んでいく。

そして、思い出したくないのに、二年前からの薄暗い過去に、記憶が遡っていく。

「う……ぐう……」

思い返して、胃の中のものが逆流するような気分になる。ひどいことをしたと、どうにかして罪を償わなくてはと、後悔を反芻して胸を押さえる。

そしてここで気付く。自覚はなかったけど、俺が季南のお願いを受けたのは、きっと罪滅ぼしのためなのだ。動画の罪だからこそ動画で償う、悪くない考えだ。俺はただ、彼女と友達っぽく接しながら、俺自身のために動画を作ればいい。

そんなことを考えながら机をおろして準備していると、後ろのドアがゆっくりと開き、季南がそっと顔を覗かせた。

「失礼しまーす……わっ、ごめんね、待たせた？」

「いや、俺も今来たところだよ」

友達と会って話しこんじゃってさ、という彼女の話を聞きながら、昨日と同じように広げたパイプ椅子に座るよう、顎で軽く促す。

備品だらけの空き教室。ホワイトボードや教卓に囲まれたこの狭いジャングルは今日から、二人の作戦部屋になった。生徒も先生も、この場所に来ることはほとんどないだろうし、万が一バレても「ちょっと内緒話してました」と言えば怒られるくらいで済むだろう。

「北沢君、今日からよろしくね」

「ああ、うん。よろしく」

明るい茶髪の前髪を右手で払いながら、季南は照れるように微笑んだ。こうして真正面から見るとやっぱり可愛い顔立ちだな、と少し見蕩れる。

「おじいちゃんおばあちゃんに動画送るんだって？」

ややイタズラっぽく言ってみると、彼女は頰を搔きながら苦笑する。

「……咲ちゃんにはユーチューバー始めるって言えなくてさ。だからそれっぽい言い訳用意したの。でも咲ちゃん、信じてくれたんだ、良かった。私の名演技のおかげでうまく騙せたわ」

自分で名演技、と言ってピースする姿に、思わず笑ってしまう。

「三橋も季南も、高校から役者始めたの？」

「ううん、私は中学からずっと演劇部だよ。咲ちゃんは高校からだけど、役者じゃなくて音響担当なんだ。舞台に合わせる音楽を選んで、本番で流す仕事ね」

なるほど、演劇も色々担当が分かれてるんだな。

「で、作戦会議って何するんだ？　季南が考えた企画案の中で、どれが簡単に撮れそうか考えてく？」

早速本題に入った俺に、彼女は「いやあ……」とわかりやすく目を逸らす。

「企画案って言っても、ねえ……」

「……ひょっとして季南、何も考えてないとか――」

「だってー！」

俺の推理を遮って、彼女は駄々をこねる小学生のように喚き始めた。

「企画って難しいじゃん！　全然浮かばないよ！　いや、一応浮かぶことは浮かぶんだけど、『あれ、これってこの前見た動画と完全に一緒だ』ってなっちゃってさ」

「別に初めは一緒でもいいんじゃないか？　あとからオリジナルの企画練ってやっていけば」

「ううん、それはそうなんだけどさ。折角だから『これは私だから作れた動画だ！』って自信持って言いたいっていうか……」

そう独り言のように呟きながら、彼女は餌を頬袋に詰めるハムスターのように小さく膨れた。

「でも、ちょっと参考にしようと思って人気のチャンネル検索したら、気付いたら五本くらい続けて見てるんだよね」

「そーれーは季南が悪い」

茶化しながら責めると、彼女はさらにもうひと膨れした後、ぷはっと吹き出して笑った。

「北沢君に『企画は自分で考える』って言った手前、何か出そうとは思ってたんだけど……」

落ち込んだ表情を浮かべた後、彼女はチラリとこっちを見る。それは、女子が荷物を運ぶときに「こんなに重いもの持てないなあ」と甘えてくるのに似ていた。

「はいはい、一緒に考えるぞ」

「やった！　ありがと！」

ハイビスカスのように明るい笑顔をぱあっと咲かせる。屈託のない表情は、見ているこっちまで沈んでいた気分が上向く。彼女がクラスの色んな女子と仲良くやれている理由が分かる気がした。

「とりあえず、アイディア広げていくか。季南の好きな動画はどういうのだ？」

「んっとね、ジャンボパフェ食べたり、グミ百個買ってお皿にあけてみたりするのが楽しそうで好きかな」

「分かりやすいし、やってる画もインパクトあるもんな」

動画一覧のサムネイルだけで面白さが伝わるのは確かに強みだ。

「でもお金や時間がかかりすぎるから、高校生には向かないよ」

「そっか、そんなにお金ないからなあ」

季南は両手をひらひらさせる。「グミ百個でも一万以上するもんな」と言うと、彼女は驚きと拒否の交じった「ひょえ」という不思議な叫び声をあげた。

「まあバズらせたいならそういうのやった方がいいけどな。ＳＮＳでも紹介されやすいし」

「だよね。でも再生数はそんなに気にしないからいいの」

「あれ、そうなのか」

だとすると、やっぱり分からなくなる。彼女は何のためにユーチューバーを始めるのだろう。人気になるための手段じゃないのか。

「ううん、だとしたら、どんな企画がいいのかなあ？」

季南は長机にグッと身を乗り出して、俺に訊いてくる。

「そうだなあ……特に方向決まってないなら、初めはやっぱり自分の好きなことがいいよ。オススメの本紹介したり、好きなお菓子を食べて感想言ってみたり」

「好きなことかあ。何だろう、ファッション、は普通……音楽も別になあ……漫画も人並みだし、海外ドラマ……」

趣味を指折り数えていくのを聞きながら北向きの窓から外を眺めると、ぽつんとはぐれた雲が「のんびり考えるといいよ」と言うようにゆっくりと泳いでいる。

不意に、彼女は両手で自分の頭を押さえ、「うわー！」と嘆くように叫んだ。

「私って無個性だ！」

「……………ぶふっ」

「あ、笑った！」

堪えきれずに笑いながら机に戻った俺に、彼女はファウルでホイッスルを吹くようなジェスチャーを見せた後、「ピピーッ！」と声に出して警告する。

「私の悩み、そんなにおかしい？」

少しいじけたような表情の季南が、上目遣いにこちらを見てくる。彼女に興味を持たないつもりでいるのに、その仕草に心臓がドキリと反応してしまう。

「いやいや。俺もそうだったけど、学生のユーチューバーってみんなその悩みに行き着くんだよ。それで、季南もその通りになったからおかしくってさ」

「そうなの？」

「じゃあさ、文系の四クラス思い浮かべてみてよ。マニアックなテーマで動画撮れそうな人、パッと思いつく？」

「んん……青木君が水泳でインターハイ行ってるから、泳ぎ方の動画とか撮れそうかな。あとは……ううん……」

彼女は腕を組んで、日本史の暗記問題の答えを思い出すかのように考え込んだ。そう、俺も青木くらいしか浮かばない。

「な？　百人以上いたって一人とか二人なんだよ。でも、九十九パーセントがみんな無個性ってわけじゃないだろ？　普通の人が多いってことだよ」

「……そっか……普通の女子……」

励ましたつもりはなかったけど、なんだか安堵しているようだ。思ったより落ち込んでいたのかもしれない。

「だから別に、『ちょっと好き』くらいでいいんだよ」

「ちょっと好き？」

「別に爆笑できるような動画ばっかり見たいわけじゃないだろ。もしさ、自分が好きな映画を同い年くらいの女子高生が紹介してたら気にならない？　この子はどんな感想なんだろうって」

「あ、確かにちょっと気になるかも」

狙った通りの反応をくれた季南に、俺は笑みを零す。

「それで良いんだよ。趣味が合うようなら他の動画も見てみようってなるからさ。まずはそうやって始めればいいよ」

「そっかそっか。すごいね、北沢君」

「すごい？」

唐突に褒め言葉を投げかけてきたので、意味を尋ねるように聞き返すと、胸元でピッと俺を指差す。

「なんか、ユーチューブの先生みたい」

「そんな大したもんじゃないって。一時期ちょっとやってただけだよ」

「それでもすごいんだって!」

彼女は机を四本指でタンタンと叩く。賛同するように、茶色の髪の毛もふわりと縦に揺れた。

「短い期間だって、真剣にやらなきゃ今みたいに話せないと思う。北沢君が頑張ったときの知識で、今私が助かってるからさ」

「……なら良かったけど」

「うん、良かった」

にへへと頰を緩める季南。俺にとってはちっとも良い思い出じゃなくても、彼女にとって救いの手になっているかと思うと、不思議とそこまで悪い気はしなかった。

「さて、何にするかな。私の好きなもの……好きなもの……」

そして季南はまた考え始め、俺は邪魔しないように再び窓際に行く。昼と呼ぶには明るさが薄らいでいて、文化祭の準備をしていた一、二週間前と比べて、更に日が短くなっているのを感じた。

やがて、季南が「うん」と自分自身を納得させるように頷く。

「じゃあやっぱり、演劇がいいかな。ずっとやってきたことだし。演技したり朗読してみたり、好きな舞台の話をしてみたり。地味だしマイナーかなと思って案には入れなかったんだけど。北沢君、変かな？」

「いや、そんなことないよ。むしろマイナーな方が固定ファンがつきそう。お菓子や漫画のこと話してる動画はたくさんあるけど、演劇って少ないだろうから、演劇好きな中高生が来てくれると思う」

「じゃあユーチューバー名は『演劇ガール』で！」

「お、キャッチーでいいな」

「北沢君、他に動画のアイディアある？」

俺は腕を組んで悩んだ末、昨日水原に見せてもらった「オンライン家庭教師」の動画を思い出した。

「もし勉強好きなら教科の解説動画とかもいいと思うぜ」

「そんなに好きじゃありませーん」

即却下と言わんばかりに、目をキュッと瞑（つぶ）って人差し指で小さくバッテンを作った。

「テストも文系五十位くらいだしさあ……」と言った後、イタズラっぽい笑みを浮かべて俺に聞き返す。

「北沢君、どのくらいだったっけ？」

「俺は大体三、四十位だな」

「うわっ、負けた！」

バタリと机に突っ伏す季南。そのリアクションがいちいち可笑しくて、「勝った」と胸を張って見せる。

「よし、テーマ決定だね。北沢君、ありがと！」

小さく拍手する季南が、「あとは何を決めれば……」と言いたげな表情で視線を俺に向ける。

「次はもう撮影に入るから、季南は一番初めに放送する内容を考えておいて。こっちはカメラとかの準備進めておく」

「うん、分かった。あれ、そういえば動画ってどこで撮るの？　この部屋……はまずいよね？　誰か来たら困るし、放送音とか入ったら学校名バレる可能性あるし」

矢庭に狼狽える彼女に、思わず中学時代の自分を重ねる。俺達も同じことで、あんな風に悩んだな。

「レンタルスペースってのがあってさ」

あの当時も検索で見つけてはしゃいだのを思い出しながら口を開いた。

「一時間千円、安いところだと六百円くらいで空いてる部屋を借りられて、撮影にも使えるんだよ。ネット予約して電子マネーで払えたりするから」

「へえ、そんなところがあるんだ。さすが経験者だね！　北沢君も昔使ってたの？」
「うん。まあ当時は中学生だったから、カラオケで済ませたりもしてたけどね」
来週の放課後を条件にレンタルスペースを予約することだけ決めて、今日のところは一旦お開きとなった。

季南は図書室に用があるらしく、俺は一人で帰路について学校最寄りの桜上水駅に向かう。一軒家が建ち並ぶ細い通路を抜け、上水の暗渠に沿って広がる公園を横切ると、少しずつ賑やかな駅前が近づいてきた。

今日一日で結構季南と仲良くなった気がする。お互いの相性が良いのだろうか、波長が合うのだろうか。

そんなことを考えた自分自身を、首を激しく振って否定する。自分が特別なわけじゃない。動画が得意だから頼まれただけだし、誰とでもああやって距離を詰められるのが彼女の良いところなのだ。勘違いしそうになり、頭のてっぺんを中指でカリカリと掻いて気を紛らわせた後、駅の階段を一段飛ばしで上がった。

三連休の明けた九月二十四日、火曜日の放課後。俺は撮影のために桜上水駅から電車で二十分弱の渋谷駅に来ていた。桜上水にもレンタルスペースはあったものの、他の生徒に見られるのは避けたかったので、オープン割引を行っていた渋谷の新しいスペースを予約した。都心に近い学校というのは、こういうときに便利だ。

「梨味なんて出てるのか。美味しそうだな」

季南が来るのを待ちながら、コンビニのジュースの棚で新商品の炭酸を眺め、小声で独り言を漏らす。

久しぶりの撮影はやっぱり少し緊張してしまい、こうして季南を待っている間も、唾を飲む音が何度も大きくゴクリと聞こえた。

不意にブーッとスマホが震える。さっき『これから撮影行ってくる』とメッセージを送った慶から返信が来ていた。

『そっか。オフショットだから、とか言って隠し撮りするなよ』

『お前は俺をどんなヤツだと思ってるんだ』

すかさずツッコミを入れると、向こうも打ってる途中だったのか間髪容れずに返信が届く。

『無理しないで、リラックスしろよ』

ジョーク交じりな気遣い。さすが、十歳からの付き合いだけある親友だ。

『おう、ありがとな』

返事を送ってスマホをズボンのポケットに入れ、ふと窓の外を見ると、手を振るブレザー姿の女子が目に飛び込んでくる。今日からユーチューバーとしてデビューする、千鈴だった。

「お待たせ！　別に現地集合じゃなくても良かったのに」

「変に噂立っても困るだろ。二人で都心の方に行ったとか」

「へえ、北沢君、真面目だなあ」

からかい半分、本音半分くらいのトーンで彼女は目を丸くする。こっちは本音を言うわけにはいかない。初めて行く場所だから、迷わずに案内できるよう、先に来て目的地の方向を確認しておきたかったなんて。

「じゃあ行くか。十分ちょっと歩くよ」

「分かった、ついていくね！」

繁華街で知られる渋谷も、ハチ公前からバスケットボールストリートではなく、東側に向かっていくとガラリと景色が変わる。大学生らしき姿はよく見るものの、銀行の支店やオフィスが並ぶビジネス街になり、歩道の両側に植えられたケヤキの木を眺めながら歩いていく。晩秋の十一月下旬になるとケヤキにはイルミネーションが灯り、人で溢れるクリスマスを黄色い明かりが華やかに照らす、というネットの紹介記事をふと思い出した。

「んっと……あった、ここだよ」

「おお、ホントだ」

大通りを外れ、サラリーマンが仕事帰りに寄れそうな居酒屋と休憩時間に寄れそうなカフェの間を通ってしばらく歩くと、「レンタルスペース始めました」と看板の出ている建物が現れた。

「なんか、普通のマンションみたいだね」

「基本的にはマンションなんだよ、きっと。住む人がいなくて空いてる部屋があったから、まとめてレンタルスペースにしたんだろうな。マンションなら防音もちゃんとしてるだろうし」

彼女を見てそう説明しながら、入口横のガラスに貼ってあるポスターを指差す。そこには大きな字で「防音」「商談にも！」と書かれていた。

「予約の時間だし、入ろっか」

「うん、行こう行こう」

エントランスの自動ドアが開くと、十メートル先にオートロックの玄関ドアが出迎える。その手前の左側に、「レンタル受付」と案内の出された窓口があり、中年のおじさんが座っていた。マンションの管理人さんが受付もやっているのだろう。

「ネットで予約した北沢ですけど」

「はーい、えっと……一時間半ですね。千二百円になります」

ＩＣカードで払い、これから行く部屋の鍵を貰う。おじさんにオートロックを開けてもらって、エレベーターに乗り込んだ。知らないマンションのエレベーターにクラスの女子と一緒に乗るのは思った以上に緊張してしまい、黙ったまま階数のボタンにジッと視線を合わせていた。

「あ、北沢君、着いたよ」

随分長く感じられた上昇が終わって、三階に着く。真正面に見えた部屋に向かい、ウキウキしている季南に急かされるようにドアを開けた。

「おじゃましまーす」

「わっ、すごいすごい！」

テンション高く、季南はいそいそと靴を脱ぐ。

表向きはマンションの一室であるその部屋の中は、完全にただの会議室となっていた。白壁のワンルームには茶色の大きな机と四つの椅子、そしてベランダからの陽光を塞ぐ青いカーテンとエアコンがあるだけ。お風呂の湯船やキッチンのコンロは撤去されていて、リビングとトイレだけの部屋になっている。

「それじゃ、机動かして準備していくぞ」

「うん！」

季南と一緒に、机と椅子三つを端にどける。残った椅子を壁に近い場所に配置し、彼女が座る場所を決めた。

「じゃあカメラを、と……」

ぼこっと膨らんだ黒のリュックから、カメラともう一つの布の袋を取り出すと、季南は体を屈(かが)めて興味深そうにそれを覗(のぞ)いた。

「ビデオカメラだ。スマホで撮るんじゃないのね」

「アウトレットで安かったから、買っちゃったんだ。スマホと違ってＳＤカードに保存できるから、データの保管も楽だし。それにさ、こっちの方が『動画撮ってる感』あるでしょ？」

「分かる！」

歯を見せた口に手を当てて、季南はキシシと声をあげて笑う。形の整った眉(まゆ)、優しそうな目、綺麗(きれい)なピンク色の唇。穏やかだけどよく通る声に、コロコロ変わる豊かな表情も相俟(あいま)って、ついつい視線を奪われてしまう。

「北沢君、そっちの袋に入ってるのは何？」

「ああ、これね。リュックに入れるの大変だったよ」

紐(ひも)でキュッと結ばれた口を開き、三脚を出す。普通の状態では四十センチくらいだけど、足をグイグイ伸ばしていくと一メートルを超える長さになった。

「わあ、なんか本物の撮影みたいだね！」

「本物の撮影だっての」

他愛もないやりとりをしながら、三脚にカメラをセッティングする。彼女がワクワクする気持ちもよく分かった。俺も撮り始めた頃は、この準備作業に毎回興奮していたから。あの時は、ただそれだけで、毎日が楽しかった。

「季南、ちょっとそこに座って。カメラを置く場所決めるから」

「分かった。こ、こうでいいかな」

壁の前に置いた椅子に座った季南は、カメラを向けられ、まだ撮影も始まってないのにやや緊張した面持ちになっている。

「なんだよ、演劇でもカメラに撮って演技チェックしたりするだろ？」

「こんな風に私一人に向けられることなんかないって！　だからいざとなるとちょっと恥ずかしい……」

「そっか。まありラックスしながら撮っていこうぜ」

俺はファインダーを覗きながらカメラの高さや角度を合わせ、そんな季南の表情を画面越しに捉えた。彼女は後ろを振り返ってチラチラと壁を見ている。

「どうした？」

「んっと、大したことじゃないんだけど……なんかちょっと、ここで撮影すると殺風景かなって」

「あ、何その表情！『そう言うのは分かってたぜ』みたいな感じ！」

「……ふふん」

「ふっふっふ、そう言うのは分かってたぜ」

俺は軽くおどけてみせながら、リュックに入っている筒状に丸まった紙をグッグッと引き出し、広げてから丸まっているのと逆方向に曲げ直す。それは百均で買った、貼り合わせて使えるピンクの花柄の小さな壁紙だった。

「六枚買ってきた。これ組み合わせて貼れば、カメラに映るところだけは華やかになるぞ」

「さすが北沢君！　ユーチューバーの師匠！」

「褒めすぎだっての。ほら、ここから貼るの手伝って」

持ってきたセロハンテープで、壁紙を一緒に貼っていった。文化祭のときも、装飾チームで何回か彼女とこうして一緒に作業したのを思い出す。あのときは、こんな関係になるなんて思いもしなかった。

手早く貼り終え、無機質な白壁の一部がすっかり染まった後、もう一度季南に椅子に座ってもらう。カメラをチェックし直すと、画角に入る部分は全てパステルカラーのピンクになっていた。

「よし、カメラはオッケーだ。季南はしゃべることは整理できてる？」

「うん、大丈夫」

やや自慢げに、彼女は罫線の入った青色のノートをバッと開いて俺に見せる。そこには、全体が斜め上に傾いている特徴的な字で、今日話す予定の内容がびっしりと書かれていた。

「すっごく準備してるな。そうしたら、今のうちにカットに分けておくか？」

「カット？」

「喋るシーンを細かいパーツに分けて、それごとに撮るんだ。一回で全部喋ろうとすると、トチったときに最初から全部撮り直しになっちゃうし、うまく切り貼りすれば動画のテンポも良くなるからな」

「そっか……分けるのか……」

そう言ったきり、彼女はノートに視線を落とし、悩み事があるかのように黙ってしまう。そして何を考え込んでいるのか気になって声をかけようとした瞬間、フッと顔を上げて俺の方を見た。

「あの、さ……これ、なるべく繋げて話したいんだけど」

「え、分けないってこと？　NG出たら大変だけど……」

「それでいいの。思いっきり噛んだとかじゃなかったらそのまま使っていいし、間延びしてもいいから、そのままの私を撮りたいんだ。いいかな？」

「ああ、うん、別に構わないよ」

コクコクと首を縦に振った。撮影する側からしたら、カメラを回し続けるだけで済むし、むしろ編集が楽になる。ただ、彼女がどんな動画を目指しているのかは全く分からなかった。どうせ投稿するなら完成度が高い方がいいし、ハイテンポな方が視聴者のウケも良い。喋っているのをそのまま使いたいなんて、まるで遠く離れた親戚に送るビデオレターのようだ。三橋に話していたのも強ちウソではなくて、おじいちゃんおばあちゃんに動画のリンクを送って今の自分を見てもらうつもりなのだろうか。

まあでも、それならそれで、いずれ季南が一人で編集することになっても余計な作業がなくて楽だ。ひょっとしたら、彼女もそれを狙っているのかもしれない。

「じゃあ基本的にはカット分けとかしないで、長い尺で撮っていこう」

「ありがとね、ワガママ聞いてくれて。撮影、ちょっとだけ待ってて」

お礼を言って席を立った彼女は、部屋の隅に行って食い入るようにノートを見る。何か聞こえると思ったら、ぶつぶつと呟いていた。

「練習？」

「もう、聞かないでよ！　恥ずかしいなあ」

顔を赤くして、俺を追い払うようにノートをバサバサ動かす。もっと気楽にやるタイプかと思ったけど意外と真面目だなあ、と彼女を見つつ、俺はビデオの設定画面を操作してSDカードの容量を確認した。

七、八分の練習を終えると、季南は「よし」とノートをパタンと閉じ、ネイビーのボストンバッグから洋服ブランドのロゴの入ったビニール袋を取り出す。

「着替えちゃうね」

「ああ、やっぱりブレザーのまま撮るわけじゃないんだな」

「当たり前じゃん！　学校バレたら怖いし」

袋から私服のシャツやスカートをガサガサと出した後、彼女は困ったように眉を下げて、ジーッとこちらを見てくる。

「どした？」

「……出てってよう」

「あ、悪い！」

以前は男だけで撮っていたからみんなその場で着替えてたけど、女子だとそうもいかない。キッチンに行って、ワンルームとの境目のドアを閉める。

スマホを眺めていたものの、服が床に置かれるパサッという音が聞こえるたびにドキリとしてしまう。ドア一枚隔てた向こうでクラスメイトが着替えているかと思うと変な緊張が押し寄せてきて、慌てて更に奥のお風呂場のスペースへと逃げ込んだ。

「おーい、準備できたよ」

声を合図に、「おう」と平静を装って部屋に戻る。季南は体を何回か捻るようにして、俺にコーディネートをお披露目した。

「どう、こんな感じで」

大きな花の絵をあしらったベージュのロングTシャツに、ベルト付きの黒のスカート。スカートは縁がチュールになっていて、暗い色でもふんわりした印象に見える。

「変じゃないかな？」

「ああ、うん、良い、と思う」

「何よ、歯切れ悪いなあ」

「いや、悪い悪い。ホント、ホントに似合ってる」

俺だってクールにさらっと伝えるつもりだった。私服を見ただけで、こんな風に体が熱を持って動揺するなんて、思ってなかったから。

「じゃあ撮り始めるぞ」

「ちょっとちょっと！」

三脚に手を掛けた俺を、彼女は慌てて両手で制する。

「化粧直すからちょっと待ってて」

「あ、そっか、それも必要なのか」

前は男だけで撮ってたから、やっぱり勝手が違う。

「……別に今のままでもいいと思うけどな」

「わっ、ありがと。でもずっと残るものだしね。女子は大変なんだよー」

ポーチからコスメを取り出し、パフやブラシを使って整えていく。薄くルージュをひいた彼女の唇はいつもより艶っぽく見えた。

やがて、鏡を見ていた彼女はクッと口角を上げ、「よし、オッケー！」と立ち上がる。そして、途中の水分補給用なのか、ミネラルウォーターを取り出して撮影用の椅子に座り、そのペットボトルを椅子の下に置いた。

「声が入らないようにカウントは途中から指だけでやるよ。そっちがストップって言わない限り、カメラは回し続けるからな」

「ふふっ！　うん、よろしく」

「なんだよ、テンション高いな」

「だってさ、こんな風に自分だけを撮ってもらうの、生まれて初めてだもん」

隠された財宝を探しにピラミッドに潜入するかのように、彼女は目を爛々と輝かせる。興奮が緊張を凌駕して、撮影を待ちきれない様子でいた。

ガチガチになってなくて良かった。これならもう、すぐに始められそうだ。

「じゃあ自己紹介、ワンカットで行きます。五秒前！　四、三……」

録画ボタンを押した後、三から先は指だけ折って、カウントする。手がグーになってから数テンポ待って、季南は話し始めた。

「この動画をご覧の皆さん、こんにちは、そしてはじめまして、演劇ガールです！今日からこのチョ、チャンネル……わーっ、ごめん！　ストップストップ！」

「早いな！」

いきなりのNGに思わずツッコミを入れ、おどけてその場でコケてみせた。

「大きな声出るかなって不安だったの。で、言えたら気が抜けちゃったみたい」

パチンと勢いよく両手を合わせて謝る彼女に「いやいや」と首を振る。

「こういうのが面白いんだろ？」

「うん、面白いね」

彼女は大好物のスイーツを前にカメラを向けられたかのように、上機嫌にピースしてみせた。

「じゃあもっかい行くぞ。噛まないようにな。五秒前！　四、三……」

「この動画をご覧の皆さん、こんにちは、そしてはじめまして、演劇ガールです！今日からこのチャンネルを始めました。えー、私は高校二年生なんですが、中学からずっと演劇をやっているので、この動画では演劇の練習方法や好きなお芝居などを紹介していきたいと思います。んっと……なので、皆さんの好きなお芝居につき、ついても、コメントでたくさん教えてくださいね！」

途中台詞を飛ばしたり噛んだりしつつも、自己紹介が終わる。季南が黙って二回頷いたのを見て「カット」と録画を止めると、彼女は深く息を吐きながら手足をだらんと伸ばした。

「緊張したあ」

「まあ初めはみんなそうだよ」

俺のフォローに、彼女は楽しそうに両膝をパンパンと叩いて白い歯を零す。

「でも楽しかった！」

そのハイビスカスみたいに真っ直ぐな笑顔も、演劇で練習した賜物だろうか。俺の瞼は、閉じる役目を忘れたらしい。大きく開いた瞳、熟した果物みたいに赤い唇、綺麗に並ぶ白い歯。彼女の表情を見ている間は、秒針が何倍もの遅さで動いているような、そんな感覚。

彼女からしたらいつもの表情かもしれないけど、俺の鼓動を激しく加速させるには十分だった。血液が一気に体中を駆け巡って摩擦熱が起こったかの如く、体温が上昇していく。

それは、クラスの誰も知らない秘密の作業をしていることに対する興奮だけでは説明がつかない。はっきりと分かる。彼女の笑顔を心から素敵だと感じたのだ。

そして、ここでやっぱりもう一人の自分が制しに来る。「彼女は自分の動画のために俺と組んでるだけだ、勘違いするなよ」と言い聞かせてくる。そう、俺にはこの日々を楽しむ資格はない。冷静になって細く長く息を吐き、雑念を払う。

「じゃあ次の撮影に入るぞ」

「あ、ちょっと待って。ここから立たせてもらっていい？　演技したくて」

「え？　そうなの？」

急に立ち上がって椅子の前に出た彼女を前に、三脚を動かし、カメラの位置を変えながら確認する。斜めから撮ると、背景も含めて上手く画角に入った。

「演技するなんて聞いてないけど」

「うん、今決めたんだ。なんか……やりたくなってさ」

「え、じゃあ練習もしてないの？」

「そう、ぶっつけ本番。うまくできるか心配だなあ！」

その返事に、むしろ俺の方が心配になってしまう。この場でいきなり演技するなんて、本当に撮影が成り立つのだろうか。

「お節介かもだけど、先にやることカッチリ決めてから撮った方が良くないか？」

「いいの。自分がやりたいことをそのまま出したいっていうか、用意した言葉じゃない方がいいなって」

穏やかに、それでも確かな意思を持って季南は答える。細かくカットを分けたくない、最低限の切り貼りしかしたくない、その場で決めたこともやっていきたい。徹頭徹尾、彼女は「そのままの自分を届ける」ことを意識している。それは、これまで自分がやってきた編集・投稿とは逆の考え方だった。

「じゃあ北沢君、お願い」

「お、おう」

指示されるがまま録画ボタンを押して合図した。

「それでは、挨拶代わりに、この前の文化祭でやった演劇の『リライト&リトライ』で、今にピッタリなシーンをやりたいと思います」

そう言うと、彼女はフッと目を閉じる。一回大きく深呼吸し、再び瞼を開けると、その表情は十五秒前の彼女とは全く違う凛々しいものになっていた。

『私ね、決めたんだ。やりたいことにチャレンジするって。怖いよ、怖いに決まってる。でも、このまま何も変えないで、縮こまった私でいる方が、もっと怖いから』

プロではないにせよ、役者の演技を間近で見るとやっぱりすごい。本当に彼女が、新しいことを始めたいという想いが伝わってくる。

「はい、いかがでしたでしょうか！　あー緊張した！」

心の中で拍手しながら、この演劇のストーリーと文化祭での本番の裏話を話す彼女を撮り続け、無事に撮影を終えた。

「はー、撮影ありがとう。北沢君、どうだった？　一回目にしてはほぼ完璧に出来た気がする！」

「……チャンネル登録お願いします」

「あーっ！　言うの忘れてた！」

かき氷を一気に食べた直後のように両手で頭を抱え、分かりやすく落ち込む季南。さっきの演技を目の当たりにしてから素の彼女を見ると、そのギャップが妙におかしかった。

「よし、じゃあ片付けして部屋を出よう。長くいると延長料金かかっちゃうからな」

「ねえ、北沢君パソコン持ってきてる？　編集ってどんな風にやるか、私も覚えたいから、どこかで作業見せてもらえない？」

「持ってきてるよ。それなら、カフェでも行くか」

そうだ、俺が撮影・編集するのも三、四回だけっていう約束だ。今のうちから少しずつ見て学んでもらおう。

「制服に着替え……はいいや。畳んで鞄にいれちゃおうっと」

無事に撮影が終わったからか、季南はベランダ横で上機嫌にいそいそと準備をしている。撮影が終わったことで俺もリラックスしていて、その後ろ姿に向かって何の気なしに問いかけた。

「季南、これって演劇部の宣伝動画とかなの？」

「ううん、誰にも言ってないよ」

「……じゃあ、なんでユーチューバーなんて始めるんだ？」

「え？　あー……」

流れで訊いてしまった問いに彼女はすぐには答えず、カーテンをジッと見つめるようにしていたが、やがて俺に視線を合わせるのを拒むようにその青いカーテンを開けて窓の外を見る。蛍光灯に照らされ、茶色い髪に白い光が映った。

「演劇してるシーンとか、残したかったからさ」

「ああ、他の演劇やってる学生の参考になるようにって感じなのかな。自分で見返すのにも使える？　あ、でもそれならわざわざアップしないでもいいしな」

「んん……」

俺の方に向き直っていた彼女は、そこでまた視線を逸らして押し黙る。微かに眉間にシワを寄せ、どう伝えようか、思い悩んでいる様子だった。

やがて、決心したように口をキュッと結ぶ。

「……さっきの台詞とか、言えなくなるんだよね」

「え？」

少しの沈黙を挟み、彼女はゆっくりと口を開いた。

「私、声帯を全部摘出するの。だから、自分の声を残そうと思ってさ」

「北沢君、何飲む？」

「ん、いや、自分で買いに行くよ」

「いいからいいから、パソコンの準備してて」

結局カフェラテをお願いし、彼女がカウンターに向かっている間にパソコンを準備する。

レンタルスペースから歩いて五、六分のところにあるチェーンのカフェに来た。二階まである狭い店舗の一階は、ちょうど仕事が終わったのかスーツ姿の大人が三人レジに並んでいる。作業を横で見たいという季南の要望もあり、比較的窓側が空いていたので、窓側にある二人掛けの丸テーブルを二つ取って隣同士で座った。

「はい、お待たせ。そう言えば北沢くん、ブラックコーヒーって飲める？」

「いや、苦いから得意じゃないなあ」

子どもっぽいかな、と思いつつ反応を窺っていると、季南は「私も！」と自分用に買ったホットのキャラメルマキアートとスティックシュガーを、突き出すように俺に見せてニッと笑ってみせる。

「季南、お金幾らだった？」

「あ、いいよいいよ！　色々協力してもらってるから」

二往復ほど押し問答したものの結局押し切られ、今回はご馳走になることにした。

「やっぱり編集はパソコンなんだあ」

「スマホのアプリもあるけど、こっちの方が細かい作業も自由にできるよ」

ビデオカメラをケーブルで繋いで、さっき撮った映像のデータをパソコンの中にコピーしながら、編集ソフトを立ち上げる。

「これ、無料ソフト？」

「いや、前に買ったんだ」

モニターに映った複雑な編集画面を、興味深そうに眺める季南。

彼女を見ながら、俺はさっきの部屋での会話を思い出していた。

「…………え？」

声帯の摘出。その言葉をあまりにも唐突に告げられ、脳内に瞬時にイメージを結ぶことができない。

窓の外からこっちに向き直った季南の表情には、悲しみの色はない。噛んで失敗したときと全く同じように、少しだけバツが悪そうに微笑んでいる。

「難病、らしいんだよね」

右手で包み込むように喉を押さえながら、彼女は口を開いた。

「男子でいう喉仏の近くに声帯があるんだけど、その下のところに腫瘍みたいなものがあるんだって」

「それって……ガンじゃないのか？」

腫瘍という単語からすぐに連想される病名を、俺はおそるおそる口に出してみる。音になって自分の耳で聞くと、余計にその病気が怖く感じられた。

「ううん、ガンとはちょっと違うみたい。確かに喉頭ガンっていうのもあるんだけど、ほとんどが男性みたいだし、たばこや飲酒が原因のことが多いんだって」

まるで他人事のように、何も気にしていない素振りで、彼女は外に出る準備を再開しながら話している。

「だから症例も少なくてさ。初めは化学療法、まあ薬で治そうとしたのね。修学旅行とか文化祭もあるから、飲むだけならちょうどいいかなって思ってたんだけど、なんか夏に原因不明で急に悪化しちゃって。それで来年一月に摘出することになっちゃったんだ。一部の摘出ならガラガラ声は出るんだけど……全部だからさ」

残念だなあ、と彼女は呟く。悲しさや悔しさではなく、どちらかといえば諦めや自嘲を含んだトーンだった。

「それで、ユーチューバーやろうとしたのか？」

「うん。声、残しときたいって思って。ただの自撮りとかじゃつまらないでしょ？　バズって人気者になったりお金もらったりしたいわけじゃないけど、せっかくだから、話してる私を発信したいなって。だから台本読むのイヤだったの。普段通り話してる自分をそのまま届けたくてさ。ワガママ言ってごめんね」

「ああ、いや……」

謝ることないのに。そう言おうかどうか迷っているうちに、彼女は「行こ」と荷物を持って部屋を出て行ってしまった。

「あ、撮ったやつだ！」

パソコンの中に取り込んださっきの動画を、編集ソフトで読み込んでいく。そのファイルを画面の下半分にドロップすると、編集ができるようになった。

「うわ、すごい。ここで映像を切ったりできるの？」

「うん。例えばほら」

一本目の動画のトーク。その話と話の間の余白を切って、繋げてみせる。ユーチューバーの動画でよく見る、間髪容れない、テンポの良い喋りになった。

「今回は季南の注文もあるから、こんな風には編集しないけどな。あと、効果音とかテロップもここでつけられる」

「すごいすごい！　本物の動画作ってるみたい！」

「本物の動画だって」

右隣の彼女の肩にツッコミを入れる仕草をすると、すかさず「ナイスツッコミ！」と合いの手が入る。

これまでと変わらないように振る舞う彼女があまりにも自然で、さっき聞いた話が冗談だったんじゃないかなと思うほど。それは、冗談であってほしいという俺の淡い願いでもあった。

「ねえねえ、なんか私に手伝えることない？」

「ううん、編集は分担してできるものじゃないからな」

「そっかあ……」

彼女は残念そうに右頬に手を当てて、ふしゅーと溜息をついた。せっかくこんなにやる気になってるんだから、他に何かお願いできるものがあるといいんだけど。

「そうだ、ジングルとか効果音選んでくれない？」

「ジングルって……ベル？」

真顔で訊く季南に、「クリスマスには早いぞー」と両手をひらひらさせて返す。

「テレビとかで、コーナーの初めに流れたりする短い音楽あるだろ？」

「あ、あれジングルっていうんだ」

「自由に使える音源があるサイト教えるから、そこから選んでよ。あと効果音もね」

「うん、分かった！」

URLを共有すると、気合い十分の彼女は「わっ、こんなサイトがあるんだ」と興奮気味にスマホをスワイプする。ジングルだけじゃなく、「ジャンッ！」「パフパフッ」「コケッ」といった効果音もたくさん載っているサイト。著作権フリーで自由に使えるので、ユーチューバー御用達のページになっている。

「季南のセンスで選んでいいぞ。今日撮ったの思い出して、ここでこれ流してほしいっていうのピックアップしてくれる？」

「了解！」

ビシッと敬礼した彼女は、ライトブラウンのサラサラな髪を後ろに払ってから耳にイヤホンを嵌め、LとRの世界に閉じこもる。俺はその間に、動画の切り貼りを進めていった。

「……おお、これ演劇でも使えるな……あ、これバラエティーっぽい」

感想を言いながらお気に入りの音をノートにメモしていく季南。新しいおもちゃをもらった子どものように目を輝かせながら、楽しそうに選んでいく。

十分くらい経っただろうか。スマホの液晶に釘付けになっている季南の顔の前に、スッスッと横にした手を翳す。彼女はバッとイヤホンを取り、こっちを向いた。

「動画、繋ぐ作業は終わったぞ」

「ホント！　早い！」

パソコンに自分のイヤホンを挿し、右隣の彼女にも見えるように本体を斜めにして、イヤホンのLを渡す。

「一緒に見ようぜ」

「うん、ありがと」

Rを嵌めた俺と、Lを嵌めた彼女。体を寄せ合うようにして、編集ソフトの中で動画を再生した。

『この動画をご覧の皆さん、こんにちは、そしてはじめまして、演劇ガールです！』

まだ何も手を加えていない、余計な部分を削って繋げただけの八分弱の動画。見ている間、彼女はどこかソワソワしていた。

全て見終わると、彼女は両頰に手を当てて首をブンブン振る。

「うわー、自分が映ってるの見るのハズいねー！」

なるほど、だからあんなに体を揺らしてたのか。

「北沢君、もう一回流してみてもいいかな」

「ああ、カーソル動かして再生すれば普通の動画みたいに流れるよ」

季南は、俺のマウスを触っておそるおそるカーソルを動かし、もう一度再生する。

「……自分の声って、自分が普段聞いてるのと違うね」

「自分で思ってるより高いんだよね」

「確かに。ちょっと高いかも」

椅子をグッと前に引き、モニターに寄る彼女。距離が近くなって、俺は思わず重心を後ろにかける。

「……良い声、だと思うよ」

唐突に口にした誉め言葉に、季南は驚いたようにこちらを向いた。

「ホントに？」

「高さもボリュームもちょうどいいし、よく通る声だと思う。滑舌も良いから聞きとりやすいよ、さすが演劇部。前に自分達で作ってた時、女子に参加してもらったこともあったけど、声が高すぎるとテロップ入れないと言葉が分かりづらいんだよね」

「そっか。それなら、嬉しいなあ」

「おう、動画にはピッタリの声だ」

「動画かーい！」

さっきのお返しとばかりに、今度は季南から肩にツッコミを寸止めされた。

こうして今喋ってる彼女の、この声がなくなるなんて、まだ全然信じられない。褒めない方がいいのか、と一瞬躊躇（ちゅうちょ）したけど、それでも正直な感想を伝えてあげたかった。良い動画になると期待させてあげたかった。

「季南、効果音決まった？」

「うん、結構良いの選べたと思う」

カフェの無料Ｗｉ－Ｆｉに繋ぎ、さっき彼女に教えた音源サイトを開く。

「じゃあダウンロードしていくから教えて」

「えっと、まず動画の初めの曲はね、『ジングル：バラエティー系』の『ＨａｐｐｙＤａｙｓ』っていう曲が……」

彼女に教えられながら音源をパソコンにダウンロードしていき、二人で一緒に画面を見ながら本格的な編集作業を始める。ダウンロードしたジングルや効果音を画面上の音声スペースに挿入し、季南の声と被（かぶ）らないように音量を調節していく。そこにさらに「演劇ガールって何？」「ちょっと噛（か）んだ（笑）」とテロップを付けていった。

「このテロップ、ピンク色でいい？」

「うん。サイズ、もう少し大きくてもいいかな。私の口と被らないくらいの位置に置いてくれる？」

「ここでトランペット来るよ来るよ……はい来た！　これでタイミングどう？」

「ぴったり！　ナイス北沢選手！」

「あ、待って。やっぱりちょっとここの効果音、もっと面白いものに変えたいかも」

「おう、じゃあ次の部分進めてるから、音探しておいて」

一昨年（おととし）の今頃も、大きなモニターに映しながらワイワイと作業していたのを思い出しつつ、季南の希望を形にしていく。十秒、また十秒と編集が進んでいき、彼女が話していただけの動画は、音と文字に彩られたコンテンツへと変わっていった。

「おおっ、最後までいったね。編集ってこれで終わりなの？」

「うん、ほとんど終了だよ。でももう少しだけ時間ほしい」

頭から動画を見直して、少し間があるところ、彼女の声が聞こえづらいところを補正していく。一秒、あるいは一秒未満の単位で調整する世界。

せっかくの初動画、少しでもいい作品にしたかった。

「……できた」

達成感を肩に乗せ、その重さで両手をだらりと下げる。左側の大きな窓の外に目を向けると、太陽はすっかりビルの下に溶け、薄墨色の夜が街を覆い始めていた。

「おつかれさま、北沢君。ありがとね！」

「最後、一緒に見るぞ」

「うん」

二人で動画を確認する。「これでいいか？」と訊き、彼女が深く頷くのを見て、編集したばかりの作品を動画ファイルに出力した。そしてユーチューブのログインページに移り、「はい」と彼女にキーボードを向ける。

「え、どしたの？　これ、北沢君のアドレス？」

「いや、これ消して季南のアドレスとパスワード入れてよ。季南のアカウントでログインしないとダメだろ」

「あ、そっか。ふふっ、北沢君が変な演劇女子の動画アップすることになっちゃう」

「笑いごとじゃないっての」

彼女は慣れない手つきでキーボードを叩き、エンターキーをタンッと軽快に押してから俺の手元にパソコンを寄せた。

「サンキュ」

出力したばかりのファイルを選択し、タイトルを入力してアップロードを待つ。

そして。

「よし、投稿完了!」

見慣れたユーチューブの画面で、一つの動画を再生した。

〈【ユーチューバーデビュー】演劇ガール　いきなりカメラの前で初演技!　その結果は……?〉

数分前に見たのとまったく同じものが、ブラウザから流れる。それは、この世界に極小の、でも唯一の、動画コンテンツを生み出した瞬間だった。

「わ、あ……すごい、すごいっ!　私にもできた!」

目を大きく見開いて興奮する季南。乗り出した体が丸いテーブルに当たり、マキアートのマグカップをトンッと揺らした。

「北沢君、ありがとう!　ホントに嬉しい!」

両手で勢いよく俺の右手を握り、ブンブンと振る。カッコつけて「いいってことよ」なんて言おうとしたけど、彼女があまりにも嬉しそうな笑顔を咲かせていたので、俺も素直に「良かったな」と返した。

今日の作業はこれでひと段落。パソコンをリュックにしまっていると、集中しっぱなしで麻痺していた疲労感が一気に襲ってくる。久しぶりにやる動画作りは、相変わらず大変だったけど、心地好い疲れだった。

「……ねえ、北沢君」

不意に、横にいる季南が声をかけてくる。彼女は、左右をサッと見て、近くに人が座っていないかを確認すると、小声で訊いてきた。

「私も秘密教えたから、もし良かったら北沢君の秘密も教えてよ。共有しあおう？」

「秘密？　いや、俺はそんな、季南みたいな大きなのはないよ」

すると彼女は、真っ直ぐ俺を見つめて口を開いた。

「……なんで動画作るの止めちゃったの？」

瞬間、ぞわりと心が震えた。今の自分はどんな顔をしているだろうか。驚き、恐怖、悲しさ、全てがごっちゃになっているに違いない。

その表情を察してか、すぐに彼女は慌てた様子で両手を動かした。

「いや、その、無理に答えなくていいから。もちろん純粋に気にもなるんだけど、何ていうか……ほら、私の秘密、半分持ってくれたじゃない？　だから、私も代わりに持ちたいなって思っただけなの」

「あ、そういうことか……」

好奇心だけだと思い込んでしまった自分を恥じる。同時に、彼女の気遣いに心が温かくなった。俺に「病気で手術なんて大変なことを聞いてしまった」と余計なプレッシャーを感じさせないように、俺が話したがらない暗い内容も受け止めてくれようとしたのだろう。

これまでだったら、笑ってごまかしていたこと。でも、彼女が配慮しながら訊いてくれたことは伝わったし、何より俺も、彼女が大事な秘密を明かしてくれたのに自分が明かさないのは不公平かな、と感じていた。

だから、今度は俺の番。俺が勇気を出す番。手が震えているのを自覚して、右手で左手首をぎゅっと押さえる。

「……誰かの人生をめちゃくちゃにしちゃったから、かな」

人の少なくなったカフェで声のボリュームを気にしながら、俺は記憶を二年前に戻した。

中学二年生の頃から、今は別の高校に通う友達二人と三人組でユーチューブへの投稿を始めた。初めは、静止画に音声だけのラジオを投稿していたけど、途中から覆面で顔を隠した友人が話す、所謂(いわゆる)ユーチューバーとしての活動に移行した。グループ名は「なんかカッコよくね？」くらいのノリで【Ｆｌａｍｅ(フレイム)】にした。一人が企画担当、一人が覆面の出演者、そして俺が撮影と編集担当と、バランスの良い役割分担だった。

最初は何のテーマも決まってなくて、新商品のジュースを紹介したり、激辛ラーメンに挑戦したりしていた。友達にも秘密にしていたから再生数もほとんど伸びなかったけど、何回か再生されてるのを見てるだけで嬉しかった。大騒ぎしながら企画を考えて、大笑いしながらカメラを回して、大はしゃぎしながら動画編集する、それだけで毎日面白かった。

中三のある日、投稿した「バカ投稿中学生に同い年から一言モノ申す！」がたまたまヒットした。スーパーの商品でイタズラしている動画をSNSにアップした中学生に対して「お前のせいで俺達までバカな目で見られるんだよ！」と散々キレるだけの映像。

誰かが拡散してくれたのか、見るたびにカウンターは上がっていき、最終的には一万近い再生数になる。世の中に無数の動画がある中で、芸能人がやっても数千しか再生されないこともある中で、俺達の動画が一万回見られている。その数字が、俺達の基準と感覚をバグらせた。

勝ちパターンを摑んでからの動画は、ネットニュースやSNSから悪質な行為をしている中高生を探して、晒し上げる映像になった。

軽犯罪の画像をアップしている人、いじめ動画を投稿している人達を見つけ、動画の中でSNSのアカウントを映す。そして過去の投稿を遡って、罵倒しながらツッコミのテロップを流していく。

十回再生されて喜んでいた動画の再生数は、たまにヒットすると二万を超え、三万も夢じゃないような数字になる。チャンネル登録者も、収益化できるほどではないけど一万近くまで増えた。コメント欄には「分かる！」「よく言ってくれました。こいつらホントに最悪」と共感に満ちた言葉が並ぶ。

どうしようもないヤツらがたくさんいるのに、SNSのネタとして済まされるなんて許せない。俺達がきっちり糾弾してやる。自分達が正義の使者であるように錯覚し、顔も知らない相手に罵詈雑言を浴びせる。みんな、コイツらの悪事を知って広めてくれ。【Flame】に「炎上」の意味を被せたのは、ちょうどこの頃だった。

俺達の正義は止まらない、どころか、もっと多くの反応が欲しくて過激な内容になっていく。

ネットの匿名掲示板に、「コイツの通ってる学校を特定したい」とSNSのネタを投げ込めば、それを見ている大人数の知識と分析力でどんどん絞り込まれていく。そして誰かが特定すると、皆が一斉に「学校に通報しよう」と言い出す。俺達は、自分達が火つけ役なのに、さも野次馬のように、動画の中で「ネット上で学校が特定されたらしいですよ」なんて話した。

別に通報したのは俺達じゃない。匿名で炎上して本人はのうのうと生活してるなんて看過されていいはずがないと、悪事を知った人達の制裁がくだったのだ。

動画を作るときには相変わらず笑ってたけど、それは投稿を始めたときの笑顔とは違っていたかもしれない。でもそんなことは気にならなかった。「正しいことをしている」と、「これが俺達のやりたかったことだ」と、本気で信じていたから。三人バラバラの高校に行ったけど、この活動を続けると決め、部活にも入らなかった。

自分達の内なる声と再生数とコメント欄に支えられ、俺達はどんどん成敗の遊びに興じていった。高校に入って間もない、去年のあの日まで。

高一のゴールデンウィーク前の四月。あるSNSアカウントの個人情報を暴こうと掲示板を見ていたとき、ふと一つの書き込みが目に留まった。

『Flameの動画でも取り上げられてた、牛丼屋のバイトでやらかしたビンゴ君っていただろ? ここで学校特定されて通報されたのきっかけで、学校の三階から飛び降りたらしいぜwww　アカウントも消してるwww』

慌ててニュースを探すと、幸い命に別状はなく、全治三ヶ月とのことだった。しかし、胸の中をフォークでざりざりと削られているような気分になり、恐怖が全身を埋め尽くした。そのきっかけを作ったのは、間違いなく俺達の動画だったから。

今回はたまたま掲示板で情報を見つけた。でも、俺達が知らないだけで、他にもいるかもしれない。友達を無くした人はいないか？　いじめられた人はいないか？　不登校になったり学校を辞めたりした人は？　今回の彼みたいに飛び降りた人は？

動画で取り扱った一人ひとりを必死に調べて、最悪の事態に陥った人はいなそうだということは分かったけど、そんなことは何の足しにもならなかった。

自分達のやっていることの影響に、そこで初めて気付いた。それは成敗でも何でもなく、俺達自身が動画で叩いていた「いじめ」そのものだった。使命感で盛り上がっていた三人を待っていたのは呑み切れないほどの罪悪感で、晒した相手から「お前のせいだ」と責め立てられる夢を見たのは一度や二度ではなかった。

ゴールデンウィーク中にメンバー三人で集まり、動画を削除することに決め、その日でＦｌａｍｅは解散になった。これから方向転換する気にもならなかったし、たとえ平穏な企画を思い付いたとしても、何の謝罪も弁解も無しに平然と動画をアップし続ける気にはなれなかった。

そこから二人とは全く連絡を取っていない。動画のことを高校の友人達に吹聴していなかったのが唯一の救いで、俺がこの件に触れることは無くなった。

「それだけ。バカな話だろ」

季南と目を合わせる勇気がなくて、すっかり黒で塗り潰された窓の外に顔を向ける。どんな表情をしていいか分からず、自嘲気味に眉を上げた。

話してみて、改めて自分の幼稚さに嫌気が差す。反省しているとはいえ、頼まれたとはいえ、本当に俺が動画なんて作っていいのかと考えてしまう。

「そっか」

まるでちょっとした雑談を聞いたかのように、季南は軽い相槌を打った。

呆れられないだろうか、軽蔑されないだろうか。ひどいことをしてもなお、自分のことがかわいいのだということを自覚して、ますます嫌になる。

相変わらず目を合わせられないでいると、彼女は「うん」と考えをまとめたかのように小さな声をあげる。

「ホントに大変だったね。教えてくれてありがと。じゃあ、今日は帰ろ！」

「え？　あ、ああ……」

勢いよく立ち上がる彼女の横で、俺は安堵の息を漏らす。

無理に「大したことしてないよ」なんてフォローされても、しんどくなってしまっただろう。その辺りまで考えてリアクションしてくれた気がして、気遣いのある彼女の成熟した対応に心の中で精一杯感謝しながら、席を立ってリュックを背負った。

大学生らしきカップルを避(よ)けながら店を出る。街はすっかり暗くなり、そこかしこにある看板の明かりが道路を照らしている。会社を出てきた人も交ざって、駅に向かう大きな人の流れができていた。

「季南、次回の撮影はどうする？」

「お、北沢君がやる気になってる」

「あの演技も良かったし、演劇の裏話も面白かったよ」

「やった！　褒めてもらえると嬉しい」

次回の撮影日程を話してるうちに駅が見えてきた。「私こっちから帰るんだよね」と、俺が乗るのとは違う東急東横(とうきゅうとうよこ)線のマークを指す。

「俺は向こうだから、またな」

「あ、あのさ！」

足早に去ろうとした俺を、季南は慌てたような声で呼び止める。

「北沢君の話、絶対に誰にも言わないから。私のもナイショね」

「おう」

動画のこと、だけじゃなくて、もちろん病気のこともだろう。首肯すると、彼女はニヤリと、悪だくみをしている敵キャラのような笑みを浮かべた。

「ふっふっふ、秘密を共有しあった仲だから、呼び方も変えていいかな」

「は？」

「有斗君、でいい？」

「ああ、うん、別にいいけど」

そう言うと、彼女は「やった」とガッツポーズをきめる。

「実は呼んでみたいなあって思ってたんだよね。『あると』って語感良いし！」

「お褒めに与り、光栄です」

礼儀正しく一礼してみる。男友達がみんな、あると、あるとと呼ぶから慣れているし、俺自身も割と語感は気に入っていた。

「私も千鈴でいいよ。みんなもそう呼んでるしね」

「分かった」

彼女が乗る電車に向かう下り階段に着く。最後に彼女は、顔だけではなく、全身で振り向いた。

「今日は本当にありがと。楽しかった。またよろしくね、有斗君！」

「ん、またな……千鈴」

呼び慣れない名前を呼んで、そこで別れる。そのまま俺も真っ直ぐホームに向かって電車に乗り、運良く空いた座席に座った。少しだけ頭を空っぽにして、車内に流れる動画広告をボーッと見る。

今日一日が長く感じられた。色々ありすぎて、一番驚いたはずの彼女の病の告白も、一番緊張したはずの俺の過去の告白も、夢の中の一部のように現実味がない。

ポケットに入れたスマホを見ることもないまま三十分ほど揺られ、家の最寄り駅で降りた。

「さむっ」

気温が一気に下がっていて、思わず手をこすり合わせる。空には雲のかかった月が出て、今日の大仕事を労(ねぎら)っているよう。街灯もさながら編集の功績を讃(たた)えるスポットライト。

『私ね、決めたんだ。やりたいことにチャレンジするって。怖いよ、怖いに決まってる。でも、このまま何も変えないで、縮こまった私でいる方が、もっと怖いから』

普段は音楽を聴くけど、今日は彼女の動画を再生して、声だけ聴きながら歩いた。

第三章　幸せになる資格

「ねえ、北沢」

「どした、三橋？」

初投稿から二日経った九月二十五日、水曜日。休み時間に廊下にあるロッカーに日本史の資料集を取りに行くと、三橋から声をかけられた。

「この前話してたチーちゃんの動画、ちゃんと撮れてるの？」

チーちゃんとは千鈴のことだ。親友のことが気にかかるのだろう。

「ああ、この前集まって撮ったよ」

「そっか。チーちゃんと話してると、前より元気になってて嬉しいんだよね。北沢のおかげかな」

「俺はカメラ回してるだけだけどな」

でも、そうやって三橋たちとも楽しくやれているなら、俺のサポートも少しは役に立っているのかもしれない。

「なんか急に演劇部もお休みすることになったみたいでさ、調子悪いのかなって心配してたから」

「……そうなの？　撮影のときピンピンしてたぞ？　この前なんか、『おばあちゃんに見てもらうんだ』って言って文化祭でやった作品の演技しててさ……」

本当のことは言えなくて、表情を変えずに嘘をつく。千鈴もこんな風に色んな人にごまかしているかと思うと、胸の奥がキュッと縮んで締め付けられた。

「そういえば有斗君、一本目のやつ、再生数が百回いったの！」

その日の放課後。一昨日も来たばかりの渋谷のカフェで、千鈴が小さく拍手をしながら報告してくれた。茜色の空が、彼女の明るい茶色の髪を更に明るくオレンジに染め上げていく。

前回のレンタルスペースがまだ期間限定セールをやっていたので借りて撮影した後、編集のためにまたこの店に入った。前回と同じテーブルに座っているので、店員さんに変な高校生だと顔を覚えられていないかちょっと気になる。

「俺も一応チェックしてるから知ってる」

「え、そうなの！」

目を丸くする彼女に、「一緒に作ったんだし、そりゃ気になるよ」と苦笑した。

初投稿から一日空けてすぐさま二本目の撮影なので、割とタイトなスケジュールだけど、どうせなら見てくれた人の熱が冷めないうちに新作をアップしたかった。それは千鈴も一緒だったようで「早く次のやろうよ！」と急かされ、急遽今日の撮影になったというわけだ。

ちなみに、今回は演劇部の発声トレーニングを紹介すると言って、急にその場に寝転がって腹筋を始めたので、俺は笑いを堪えながら、彼女に頼まれて一分間でやれた数を数えていた。

「なんかさ、アップする前は再生数なんて別にどうでもいいって思ってたんだけど、百回とかいくと嬉しいね」

「まあ確かにな、結構嬉しいかも」

「結構なんてもんじゃないよ！」

今回は撮影がスムーズに進んで退出時間まで余裕があったので、千鈴は制服に着替えていた。肩のラインがズレてしまったブラウスを直しながら、ずいっと俺に顔を近づけてハイテンションに声を張る。やっぱり叫んでも聞き取りやすい声だ。

「だってさ、私が演技したり演劇トークしたりしてるだけの動画を百人が見てくれてるんだよ？　一人で何回も見てる人もいるかもしれないけど、それはそれで楽しんでくれてるってことだから嬉しいよね」

俺も三回見たぞ、と冗談交じりに言うと、千鈴は「私は五回！」と張り合ってきた。動画のページに行くと「再生数　百十三回」と表示されているので、俺達を除いても百回以上は再生されているようだ。

「それにコメントもついてるの！『私も演劇やってますけど、リライト&リトライ、面白そうです！　次にやる作品の候補に加えます！』って。これってすごくない？　私が顔も知らない誰かに影響を与えることができたんだよ」

「ああ、分かる。そういうの、結構感動するよな」

初めて誰かに再生されたとき、初めて再生が十回、百回を超えたとき、初めてコメントがついたとき、共感してもらえたとき。俺も仲間と一緒にハイタッチして、コーラとスナック菓子で乾杯した。

千鈴は、俺の後ろからその一連のできごとを追体験している。俺自身も、この喜びを共有できるのは幸運なことで、胸の奥がジンと熱くなった。

「千鈴、学校の誰かに見つかったりしてない？」

「大丈夫、バレてないみたい。有斗君がうまくサムネ作ってくれたおかげかな」

動画をクリックするきっかけになるサムネイル。そこに千鈴の顔が堂々と載っていたらバレるかもしれないので、顔がギリギリ見えないようにした。千鈴が顔を出せば再生数が上がるだろうけど、彼女が望んでいるのはそんなことじゃないから。

自然なトーンで口にした「バレてないみたい」という言葉に、胸の奥を毛先の硬いブラシで撫でられた気分になる。動画のことはもちろん、病気のことだって、彼女は誰にもバレてない。

こうして普通に喋っていて、痩せ細ってるわけでも、点滴の管を繋いでるわけでもない彼女は、四ヶ月後、来年一月には声が出なくなるという。事情を知っている俺ですら、にわかには信じられないようなことが、他のクラスメイトに知られるわけがなかった。

千鈴は、強い。こんな状況で、こんな風に普通でいられるものだろうか。気丈に振る舞っているようにも見えず、驚嘆を通り越して感心してしまう。ひょっとしたら、それも彼女の「演技」なのかもしれないけど。

「でもさあ、やっぱり数字見てると欲が出ちゃうねー」

彼女はニシシと笑う。どうやら、もっとたくさんの人に見てもらいたいという気になっているらしい。

「まあ、私は体張ってまでは再生数稼ぎたくはないけどね」

「過激なことやりがちだからな。激辛のラーメン食べた後に演技してみた、とか」

「あー、ありそう。あとはコスプレして演技してみました、とか」

「……確かにな」

想像して頬が熱を持っているのが分かり、目線を逸らした。棚に並べられたタンブラーを見るふりをしたものの、多分すっかりバレているだろう。

「あ、赤くなってる！　和服着て、昔の人の役やったりするだけだよ。有斗君、今変なコスプレ考えてたでしょ？」

「うっせ」

千鈴に声をかけられてから、今日でちょうど一週間。これまでほとんど関わりのなかったクラスメイトとこんなに仲良くなるなんて、先週の自分には想像もつかないだろう。

「再生数増やすなら、なんか方向転換する？　女子高生が五十個の質問に答えてみました、みたいな特別企画とか、色々できるとは思うけど」

彼女は斜めを見上げながら「んー」とひとしきり唸った後、両方の手のひらを上に向けて肩をすくめてみせた。

「ううん、しない。やりたいことだけやりたいから」

「なんかいいな、今の。名言っぽい」

「お、ホントに？　でも演技ってテーマはそのままで、企画っぽいことやりたいな。一つの台詞を色んな感情で言い分けしてみるとか……」

取り出したノートにペンを走らせる千鈴。ノートには他にも動画に関するメモがたくさん書いてあって、ただ「声を残す」ためのものではなく、楽しい趣味の一つになっていることが窺(うかが)えた。

だからこそ、彼女の言葉が悲しく響くこともある。

「あーあ、ホントはずっと演劇やりたかったな」

ひょっとしたら治るかも、なんて根拠のない期待も持たせられない。といって「話さない役者を目指してみたら」なんて無理やりポジティブな方向に持っていくのも違う気がして、何も言えなくなってしまう。俺が困っていることを向こうも気付いたのか「ごめんね」と申し訳なさそうに謝った。

「じゃあ、俺の方で後半の編集進めておくよ。千鈴は前回みたいに音選び頼むな」

「うん、任せて。新しいフリー音源サイト見つけたから、そこからも効果音とか探してみる！」

こうしてまた夜まで作業し、「演劇ガール」二本目の動画をアップしたのだった。

「有斗、明日(あした)予定ある？」

金曜の昼休み。弁当をかき込んでいると、友人の水原が田邊(たなべ)と一緒にやってきた。

「いや、今のところないけど」

「じゃあ映画いこうぜ！　『ドラゴン・イン・ザ・ダーク』」

「あ、あれか、いいな！」

3Dじゃなくていいかな、逆に2Dの方がいいだろ、なんて議論しながら映画館の場所と上映時間を確認する。今日は予定があったから、明日で良かった。

来週から十月。通り過ぎるコンビニやSNSでも「ハロウィーン」の文字をたびたび見かけるようになった。まだ気温が高い日もあるけど、あと二、三週間もすれば本格的な秋が残暑を追い出すだろう。

ブレザーのポケットにしまったばかりのスマホがブブッと通知を告げる。ちらりと見て、メッセージの中身を確認する。

「じゃあ有斗、集合時間とか夜相談しようぜ」

「おう、よろしくな」

明日は映像を見る側、今日は作る側だ。


「有斗君、ごめんね！」

その日の放課後。今週月・水の撮影で使った渋谷の隣駅である、恵比寿駅の西口バスターミナルで待っていると、彼女が風を切って走ってきた。

「今日話すこと整理し直してたら遅くなっちゃった。受付時間、間に合うかな？」

「ああ、近いから問題ないよ」

バスターミナルから大通りを渡って店が並ぶ通りを真っ直ぐ歩く。チェーン店と個人商店が入り交じるその通りは、都心とはいえ肩肘張らずに歩ける。奥まった道に入るとすぐに野良猫を見つけられそうな住宅街になるのも、賑わう繁華街とはまた違った気楽さがあった。

「こんなところにもレンタルスペースあるのね」

「マンションが数部屋でも空いてればどこでも出来るんだろうなあ」

スマホで地図を確認しつつ、千鈴の数歩先で「こっち」と指差しながら歩いた。

マンションの四階、ワンルームに入ってすぐ、千鈴が嬉しそうな声をあげる。

「うわ、なんかオシャレ！」

ここ二回で使った渋谷のレンタルスペースと同じような作りかと思いきや、内装は少し違っていた。白い壁紙に、接写した花の写真のポスターが何枚も飾ってある。木目の綺麗なダイニングテーブルのような机に、背もたれに柔らかいクッション材が使われている椅子が置かれ、「会議室にも使えます」と書かれていたものの、「誰かの家」という印象の方が強い。千鈴の家にお邪魔してしまったかのようで、やや緊張してしまう。

「これなら俺達で壁紙貼ったりしなくてもそのまま撮れそうだな」

「だね！　準備しよ！」

「じゃあ俺向こうで準備するから」

リュックを片手にキッチンの方へ出て、カメラと三脚を用意する。その間に、千鈴はリビングで制服から私服に着替える。三回目の撮影ともなると、準備の手筈もスムーズになっていた。

「お待たせ」

呼ばれて部屋に入り直すと、彼女はすっかり普段着の女子高生に変身していた。白のTシャツにエンジ・ライトブラウン・白・黒のマルチストライプのスカートが鮮やかに映える。

「オシャレなスカートだな」

「んーん、実はこれワンピースなの」

「え、マジで？」

「ほら、ここ、くっついてるでしょ？」

腰のあたりを見せてもらうと、確かに上下一体になっている。「最近買ったんだ」と自慢げに言いながら、千鈴はレンガ色のジャケットを羽織った。

「似合う、かな？」

「ん、秋っぽくて良いと思うよ」

真正面から「似合う」と返すのが照れ臭くて、少し言い換える。それでも彼女は嬉しくなったのか、「ありがと」と小さくピースしてみせた。

「場所、この辺りで良いかな？」

「えっと……もう少し右だな」

飾られている花の写真のポスターが半分だけ入るように、座る場所とカメラの位置を合わせていく。彼女は座りながらノートをジッと見ているものの、初回のような緊張はなく、リラックスして臨んでいた。

「準備いいか？」

「うん、有斗君のタイミングで大丈夫」

ニッと口角を上げて、右手でオッケーマークを作る。それは、張り付いた笑顔ではない、自然なものだった。

「いきまーす！　五秒前、四、三……」

「はい、皆さんこんにちは！　お芝居、楽しんでますか？　演劇ガールです！　今日は前回とは違う場所で撮影してます。見てください、ポスターが貼ってあって結構オシャレな部屋ですよね。うちもこういうポスター貼りたいなあ。季節によって桜とかヒマワリとか変えたりして。

さて、演劇関連のチャンネルということで、最近知った演劇ネタを一つ。舞台照明で、上空からの斜めの光を交差させることを『ぶっちがい』って言うんですけど、これ、漢字だと打つに違うって書いて、『打っ違い』って書くのを初めて知ったんですよね。十字形にななめに交差させることを指すみたいで、『角度を違えて打つ』って考えると、なるほど意味は通るなって思いました」

身振り手振りを交えながら、つっかえずに淀みなく話していく。話す内容は事前に教えてもらっていないので初めて聞く内容だけど、結構面白い。動画というかラジオっぽい感じで、声のトーンも話すスピードもちょうどいいので、ついつい聞き入ってしまう。

「それでは今日は、最近見返した大好きなお芝居の脚本を持ってきたので、今の自分の心境にピッタリなシーンを演技してみたいと思います。劇団ジョーカーさんの『不完全な少女の完全燃焼』、どんな話かは後で話すんですけど、終盤のシーンの台詞を聞いてください」

椅子から立ち上がってカメラに近づき、これですよー、と脚本の題字を映す彼女。カメラ越しとはいえ、こんなにアップで顔を見ると胸のポンプがドクドクと動き、一気に脈拍が上がっていく。真剣な眼差しでページを捲っている様子を、ファインダーの中でずっと覗いていた。

そして彼女は、まっすぐにカメラを見つめる。

『ワタシね、この世界で与えられたものは、使い切った方がいいって思ってるの。それは時間であれ、能力であれさ。人生でもらったものは使い切りたいし、たとえ使い切れなかったとしても、そういう覚悟でいたいな、とは思うんだ』

その演技を聞きながら、俺はまっすぐに彼女のことを考えていた。

千鈴はこんな状況でも、大好きな演劇と向き合いながら懸命に前を向いている。俺がこの動画を作り始めて日々楽しいと思えているのは、久しぶりに動画に触れたからだけじゃない。千鈴と一緒にいるからだ。

この想いの正体に、心はとっくに気付いているはずなのに、それ以上を求められない。「自分なんかが恋愛する資格なんて」と去年までの自分が暗い目で睨んできて、そこでおしまい。そもそも向こうだって動画を作るために俺の手を借りてるだけだ、と上手い言い訳を作っては、感情に蓋をしてしまう。

そして、全く別の感情を呼び起こすことで、頭を切り替える。

クラスでも楽しそうにおしゃべりしていて、カメラの前でもこんなに流暢に話したり朗読したりできる彼女が、声を奪われる。もし本当なのだとしたら、神様ってヤツに怒髪天を衝くほどの怒りが湧く。

なんで彼女だったのか。もっと、もっと他にいなかったのか。声を奪ったって良さそうな人間が、それだけのことをされても仕方のない人間が、世界中に溢れているはずなのに。

逆宝くじ、悪魔のルーレット。まだ十日くらいしか一緒にいないけど、季南千鈴にそれが当たったことを恨めしく思っていた。

「それでは、皆さん、また次回お会いしましょう。演劇ガールでした！」

数秒間手を振っているのを見ながら、録画ボタンを止める。俺はさっきのモヤモヤを脳内のゴミ箱につっこみ、「オッケーです！」と叫んだ。

「よし、撮影終了」

「わー、お疲れ様です！　有斗君、今日もありがとう」

千鈴が制服に着替え直した後、レンタルスペースを出て、編集できる場所を探す。近くにあったカフェは生憎(あいにく)満席だったので、そこから数分歩いたところにあったファミレスのソファテーブル席に座った。

「有斗君、ドリンクバー取ってこようか？」

「ああ、うん、適当に炭酸ほしいな」

「任せて！」

喜んでマシンに小走りしていく千鈴を見ながら、パソコンの準備をする。手早くカメラを繋(つな)いで撮影したデータを移していると、彼女はあまり見ない色のドリンクの入ったグラスを二つ持って、いそいそと戻ってきた。

「はい、どうぞ」

「これ、何だ……？　あ、え、美味しい！」

驚いた俺に、千鈴は得意げに鼻を擦ってみせる。さすが演劇部、こういう芝居がかった仕草もお手の物だ。

「最近ハマってるドリンクバーのミックスなの。白ブドウの炭酸にジンジャーエール混ぜて、最後にレモンティーに使うレモンのポーション入れるんだ」

「スッキリしててめっちゃ美味いなこれ！」

「でしょー！　白ブドウじゃない普通のブドウの炭酸でも作ったことあるんだけど、ちょっと甘すぎちゃうんだよね。あと、レモンポーションをもう少し減らすと……」

部活でよくファミレスに来るのだろうか、彼女はブレンドの豆知識を嬉々として話してくれる。どんどん溢れてくるその言葉を、もっと聞いていたくなる。

「……本当に、声、出せなくなるのか」

思わず、口をついて出た問いかけ。目の前でこんなに明るく喋っている彼女の数ヶ月後を、とても想像できない。

「ん、そうみたい。残念だなあ」

前と同じように、他人事のように彼女は言った。顔をやや強張らせて口を変な方向に曲げた苦笑は、自分で決めたことではない運命を淡々と受け入れる準備をしているかのよう。自分で訊いたくせに、俺は返す言葉に迷って「そっか……」と相槌を打ち、二人の間を泥のように重たい空気が流れる。

「っと、ごめんごめん、編集しないとだよね」

沈黙を破ったのは、千鈴の言葉とパンと両手を合わせる音だった。

「有斗君。画面、私にも見せて？」

「え、ああ、うん」

向かい合って座っているので、彼女に見えるようにパソコンを横にしながら編集を始める。

といっても、完全に真ん中に置いてしまうとうまく作業できず、やや斜めで俺の方に傾けているので、どうしても彼女には見えづらかった。

「えっと、今のは動画を一部分だけ切ったの？」

「ああ、この部分だけスピード速くしようと思ってさ。ほら、よくあるだろ？　チャカチャカチャカって動きが早回しになるやつ」

「あ、あるある！」

「途中で出てきた、通学路にいる犬の話、千鈴はカットしていいって言ってたけど、ここだけ再生速度を速めて『脱線中』とかテロップ入れたらいいかなって」

「なるほど、早回しってそういう使い方もできるのか！　ねえ、もう一度やり方見せてくれない？」

手早くノートにメモを取った後、向かいの席からちょっと辛そうな体勢でぐっと身を乗り出している。

「……隣来る？」

「え、いいの？」

「見にくいだろ、それだと」

そう言うと千鈴は、おやつを出された子どものようにぱあっと微笑んだ。

「じゃあ、お言葉に甘えて！」

俺のリュックを彼女がいる場所に置いてもらい、千鈴は俺の左隣に移動してきた。

ファミレスに男女二人で来て隣同士なんて、カップルでもやらないんじゃないかと思うと気恥ずかしくなる。ミルクチョコレート色の髪からアールグレイの紅茶みたいな香りがふわりと漂い、俺は自分が汗をかいてないか気にかけながら説明を続けた。

「で、ここでこうやってテロップを被せる。テロップをくるくるって回転させながら出すこともできるけど、アニメーション付けすぎるとダサいし、見てる人も気が散っちゃうからオススメはしないかな」

「うん、確かに普通に出した方が良さそうね。有斗君さ、二、三行あるテロップを順番に出すにはどうすればいいの？」

「それぞれの行を別々のテロップとして作って順番に登場させるしかないな。一行目の三秒後に二行目とか」

「ふむふむ、なるほどね」

シャーペンの黒炭色で塗り潰されたページを捲り、またメモを書き足していく。よく見るとページの上部に「撮影・編集」とタイトルが記されていた。

彼女が俺の視線に気付く。淀みのない澄んだ目を俺に向け、ノートを持ち上げて見せてくれた。

「撮影とか編集お願いするの、今日で終わりのつもりだからさ。ほら、もともと三回か四回の予定だったでしょ？」

「ああ、そっか」

何回かだけならいいよ、と確かにそういう約束だった。今日で、彼女との撮影も終わり。

「私ちょっと調べたんだけど、有斗君が使ってるソフトって結構高いんだね！　安いのもあるけど、どれも似てるのかな？」

「うん、動画の切り貼りしたり、音やテロップ入れたりするのはどれでもできると思うよ。高いとCGとか入れられたりするんだけど、普通の動画なら要らないしね」

「そかそか、分かった。じゃあまずは安いの買って試してみようっと」

意気込む千鈴の表情には少しだけ不安が見え隠れする。その後も彼女からの質問に答えながら編集を終え、三本目の「演劇ガール」動画をアップロードした。

「有斗君、今回もありがと！　最後にさ、撮影の注意点とかあれば訊いてもいい？」

「撮影か……スマホで撮るのか？」

「うん、スマホ用の三脚買って、まずはそこからかな」

「分かった。三脚あれば動画がブレることはないけど、ずっと同じ構図で撮ると見てる方も飽きちゃうから、一本の動画の中でも俺がやってたみたいにカメラ置く場所をズラしてアングル変えたり、アップで撮ったりした方がいいよ。あと、部屋でやる場合は明るさとピントに注意ね。休日の昼間に撮影して窓の外の光にピント合ったりすると、思いっきり暗い部屋に見えちゃうから」

「そっかそっか。一人でやるときは私が座った状態でカメラのチェックできないから、一回テストで録画してみた方がいいんだね」

シャッシャッとシャーペンが紙に擦れる音を響かせる千鈴。何度も見ている、少し右上に傾いた綺麗な文字が次々と生まれていく。

この質疑応答が終わったら、彼女とはまた、ただのクラスメイト。せいぜい動画をたまに見て、感想を送るだけの関係になるだろう。

多分、それでいい。動画の作成をするだけの友人なんておかしいし、今以上の関係なんて望まない。

「良かった、これで一人でできるかも！　また何かあったら教室で少し教えてもらうかもしれないけど。ありがとね、有斗君！」

パソコンをしまう俺の隣で、千鈴は席を立ちながら挨拶する。

その瞬間、俺は「千鈴」と名前を呼んでいた。

「俺、もう少し手伝うよ」

「え？」

バッと顔を上げて、驚いた表情を見せる千鈴。深くお辞儀する彼女を見ていたら、その言葉が自然と口をついて出ていた。

「いや、でも……」

「いいから。なんだかんだ、撮影とか編集楽しいしさ」

このままだと彼女が下手な動画を作ることになるかもしれない、という罪悪感や責任感で言ったわけじゃない。撮影や編集が面白いというのも本当だし、彼女が声が出せなくなるまで近くで支えられるなら、「動画の作成をするだけの友人」でも良いと思えた。千鈴の声を少しでも長く聞いていたいと、そう気付いたから。

「だから、またどっかで次の打合せするぞ」

やや強引すぎたので断られないか心配だったものの、立ったまま遠慮がちに体を縮こめていた千鈴は、すぐに嬉しそうに口元を緩めた。

「……じゃあ、お願いしようかな。お言葉に甘えて！」

「おう、良い動画作っていこうぜ」

握手もハイタッチもないけど、お互いの決意は伝わる。もう少し、このタッグで一緒にやっていける。それが嬉しくて、小さく息を吐いた。

「そしたらさ、実はちょっと諦めてた企画があるんだけど、有斗君がいるならやってみたいな」

「お、何だよ。言ってみ？」

向かいに座り直した千鈴は、俺がそう訊いた途端、「んんー」と小さく唸り、祈るようにして合わせた手を何度も擦る。顔もどこか赤いし、視線もキョロキョロ左右に揺れていて、やや挙動不審だった。

「あのさ、カラフル・パラディーゾあるでしょ？」

「カラパラ……って、あのテーマパークだろ」

「好きな女性の舞台役者さんがあそこでキャラクターとお芝居するんだって。それ観に行ってる様子を撮りたいんだけど……」

「……へ？」

それは、初の屋外企画の提案だった。

「ったく……」

去ってしまった夏を惜しむように空が泣いている十月四日、金曜の放課後。傘は持ってきたものの、下は普通の靴で来てしまったので、独り言で不満を漏らす。

ネイビーの傘を揺らしながら一階の廊下を歩いて靴箱に行くと、ちょうど帰ろうと靴を履いている吉住慶と会った。

「よっ、アルト」

「慶、今帰り？」

「うん。たまには一緒に帰ろうぜ」

ワックスをつけた短髪をいじりながら外を指差して笑う慶に、「おう」と頷(うなず)いて急いで靴を履く。小学校・中学校も一緒の学区だったので、ここから駅まで歩くのも、電車で降りる駅も、降りた後にファストフードがある交差点までの帰路も、全く一緒だった。

「イヤな雨だよな、降らないって言ってたのに。晴れてほしいなあ」

「ね、晴れてほしいなあ」

シトシトと地面を濡らす雨の中、俺が愚痴ると、慶も真似するように同調した。

俺の左肩の位置にある、曲線の急な慶の青い傘が歩くたびに傾き、衣替えしたばかりの俺のブレザーの肩に水滴をトトトッと落としそうになる。

「はあ、アルトさ、こんなときにテレポートが使えたらなあって思わない？　歩かないで、乗る電車のホームまですぐ移動できるのに」

「……お前さ、テレポートするなら直接家帰ればいいじゃん」

「ダメだよ、そんな遠くまでの瞬間移動はズルいだろ！　日本テレポート協会が黙ってない」

「どういう団体なんだよそれは」

くだらないやり取りを続けてにやりと笑う。普段頻繁に話してるわけじゃないのにこうしてすぐにお互いの調子が合うのは、小学校からの幼馴染ならではだろう。

「季南さん、だっけ？　ユーチューブ、順調なのか？」

「ああ、うん。千鈴が色々企画考えてくるから、ネタには困らないでやってるしな」

訊きあぐねていたかのように、彼はゆっくり傘を持ち上げて、俺に視線を向けた。

「おっ、名前呼びしてる。あやしいねえ？」

「バカ、そんなんじゃないっての」

慶は目を見開き、好奇心たっぷりの表情で俺の腕を肘でつついた後、「順調なら良かった」とホッとしたように頬を緩める。気にかけてもらっているのが心苦しくもあり、嬉しくもあった。

「……なあ」

リラックスした今の状態で話題に出した方が良いと思い、慶に呼びかける。彼は上しかリムのないメガネの右端を雨粒で濡らしながらも、いつも通り「なんでも聞くぞ」というトーンで「ん？」と真正面を見ながら答えた。

「もし、もしだよ。よくあるドラマみたいに、仲の良い子が大変な病気になったとしたら、例えば目が見えなくなっちゃうとしたら……どうする？」

唐突で突飛な質問に、慶は目を丸くする。「何だよ、急にどうしたんだよ！」などと茶化されるかと思ったけど、彼は傘を持っていない右手であごを押さえ、少し考え込んでから「そうだなあ……」と俺に向き直った。

「ベタかもしれないけど、俺だったらその人とたくさん思い出を作るかな。目が見えるうちに」

「そうだよな。後悔したくないもんな」

「ううん、違う」

前髪の先の小さな雨粒を指でピッと払いながら、慶は俺の返事を打ち消す。

「こっちじゃなくて、相手が、だよ。相手が『ギリギリまで楽しめた』って後悔なく思ってもらえるように、一緒に過ごすんだよ」

「……そっか、相手が後悔しないように、か。ありがと」

「何だよ、変なヤツだな」

慶の言葉がストンと腹に落ちる。お礼を伝えると、照れ隠しなのか「相談料」と言って右手のひらを俺に向けた。

千鈴の顔が浮かぶ。治らない病、声を失う病。千鈴の声は、動画で残る。だから彼女にも、楽しいことを話して、たくさん演じたと、記憶に残るような日々を過ごしてほしいと願う。

「んで、次はいつ撮影なんだ？」

「あ……週明けだな」

明日、と言いかけてやめた。週末にも撮っていると話したら、さっきの冷やかしがまた加速するかもしれない。

「そっかそっか。やっぱ、雨強くなってきた。家帰る頃には靴がグショグショだな」

アスファルトにぶつかるように勢いを増した雨音と、ふくれ気味に嘆く慶の声を聞きながら、俺はもう一度「早く晴れてほしいなあ」と呟く。

明日の撮影場所はいつものレンタルスペースではなく、カラフル・パラディーゾだから。

十月五日、土曜、朝七時。部屋にあるタンスと小さいクローゼットを三往復して、着ていく洋服を決めた。

「変じゃない……よな」

姿見に映る、いつもより気合いを入れた服装。普段つけないワックスをちょっとだけつけて、髪を立たせてみた自分に言い聞かせる独り言。

今日はいよいよ、千鈴とテーマパークで撮影する日だ。

「行ってきます」

両親にどこに行くんだと詮索されないうちに玄関を飛び出す。いつも背負ってるリュックの代わりに肩から下げているバッグが楽しげに揺れる。

道路は乾いていて、昨夜十時まで降っていた雨の痕跡はない。天候も気を利かせてくれたらしく、気温も寒すぎず、雲もほとんどない快晴だった。

動画自体は三日前の水曜にも撮ったので今日が五本目の動画。でも、会議室で撮るのとは全然違う。

だって、これって、その、デートみたいなものじゃないか。高校に入ってから女子と二人で出かけたことがあっただろうか。多分、初めてだと思う。

「うしっ！」

気合いが声の塊になる。久しぶりすぎて緊張と興奮が同時に押し寄せ、駅に向かって走る速度はどんどん速くなっていった。

『降りた。ホームで待ってる』

『分かった！　私も今駅に向かってる！』

メッセージを送って、ベンチに座って待つ。目的地はここから電車で五十分。直接現地集合でもいいけど、どうせなら行きに撮影のことも話そうということで、彼女の最寄り駅で降りて合流することになっていた。

スマホに目を向けるが、ＳＮＳもネットの記事も「彼女がやってくるのを見逃したくないな」と思うと大して頭に入ってこない。結局、連絡が来たらいつでも気付けるようにスマホを手に握りしめ、下の改札階から繋がっているエスカレーターをずっと見つめる。

やがて、一人のよく見知った女子がカンカンとエスカレーターを駆け上がってきた。

「やっほー、お待たせ！」

結構走ってきたのか、千鈴は屈伸するような姿勢で膝に手を当てて肩で息をする。

「そんな急がなくてもいいのに」

「いやいや……どうせなら開園前から行ってたいし！」

予定の電車間に合うでしょ、と電光掲示板を見上げた彼女は、平日の教室と変わらない笑顔を見せた。

ホームに並んで電車を待ちながら、ちらと横の千鈴の姿を見る。

真ん中に英語がプリントされた長袖（ながそで）の白Tシャツに小花柄のネイビーのロングスカート、その上からベージュのオーバーサイズのジャケット。ジャケットの袖（そで）はキュッと絞れるようになっているのがオシャレだ。

「有斗君もジャケットだ、お揃いだね」

「まあ俺のは普通の袖だけどね」

俺のグレーの袖をパシパシ叩（たた）く千鈴。「まだコートには早いもんね」なんて話をしているうちに電車が来て、彼女に続いて乗り込んだ。

「どのくらいで着くんだっけ？」

「五十分くらいだな」

ちょうど二席空いていたので、隣同士で座る。車内には親子連れやカップルが多く、何組かは俺達と同じ場所に向かうんだろうと想像できた。

「あ、見て、入試の問題ある！　えっと、五個の球が入っていて……」

塾の広告に載っていた中学入試の算数の問題を一緒に見る。問題を読んでいると、横の彼女の顔がだんだん渋くなってきた。

「……何これ、難しすぎない？　こんなの算数じゃなくて数学でしょ……」

「千鈴、数学苦手なんだっけ？」

「いや、公式の応用とかなら別に問題ないけど、こういうシンプルに『数字力』みたいなのは苦手かな……有斗君、あれ分かる？」

脳内で少し考える。頭の中で球に数字を振り、ガラガラと動かす。

「問一は簡単だよな。偶数と五をかけたら十の倍数になるだろ？　だから……」

説明を聞いてしばらくきょとんとしていた彼女は、やがて新たな定理を思いついたかの如く目を輝かせた。

「確かに！　有斗君すごい！　天才！」

「おだてるなおだてるな、何も出ないぞ。んなことよりさ、あの漫画持ってる？」

「ちょっと待って、問二以降は？」

「面倒なことはやらない主義だから。あの漫画、面白いぞ」

「『完全犯罪のカノジョ』でしょ？　面白いよね！」

漫画の広告、車内動画のグルメ情報とミニクイズ、軽くケンカしながら電車を降りたカップル、そして千鈴が今年見に行ったミュージカル。話題は次々に移り、途切れることはない。

実は電車に乗る前は、少しだけ不安もあった。普段はユーチューブを共通の話題として話している俺達が、普通に話すことができるだろうか。クラスメイトの話を引っ張りだしても話題が尽きてしまって、お互い気まずいままスマホを眺めるだけになったらどうしようかと考えていた。

でも実際はそんなことはなくて。幾らでも話せる。快活な千鈴の性格にも助けられて、乗っている時間が短いと思うほどに、幾らでも話せる。彼女の好きな音楽、漫画、テレビ、お菓子、ゲーム、家での過ごし方、寝る時間、片付けが苦手なこと。次々と新しい千鈴の一面を知っていくにつれ、無人島を探索するようなドキドキ感を覚えた。

心の中で幸福を膨らませた俺は、ふと我に返ってゆっくりと深呼吸する。目の前の彼女は、俺を男子として見ているんじゃなくて、動画の撮影・編集担当として見ている。他に編集できるヤツがいたら、そいつが今の俺に代わっていただけだ。そう強く言い聞かせる。

「到着！」

幾つかの乗り換えを挟んで最寄り駅に着くと、千鈴はいそいそと広い改札を出てすぐに「わあ！」と興奮の声を漏らした。目的地はここから歩ける距離にあり、この構内にもたくさんの看板が出ている。大勢の人の流れに沿うように駅を出て、ペデストリアンデッキを進んでいく。

「カラパラ、めっちゃ久しぶりなんだよね。有斗君は？」

「俺もだな。二年ぶりくらい」

どんなアトラクションがあったっけ、と二人で記憶を探りながら、遠くに見える観覧車を目印に歩いていった。

カラフル・パラディーゾはまだ出来て十五年くらいの比較的新しい屋外テーマパーク。絶叫系のコースターから、ただ鳥が上下に動くだけの子ども向けの乗り物まで、バランスよくアトラクションがある。敷地はやや狭いけど都心からアクセスの良い場所なので、親子で休日に遊びに来たり、カップルで程よい遠出のデートをしたりするのにはちょうどいい場所だった。

「パスポートは……あそこか」

駆け足で先に売り場に並び、千鈴が後から隣に合流した。開園より少し前に着いたけど思ったより混んでなかったので、そんなに並ばずに入園できそうだ。

料金は……ふむふむ、男女ペアだとカップル割があるんだな。ここは男らしくスマートにきめたい。

「はい、次の方、どうぞ」

「えっと、カ、カップル割を一つ、あ、一組」

「はい、カップル割ですね」

思いっきり噛(か)んだ。大失敗。くそう、千鈴の前で、ちょっと恥ずかしい。

「はい、千鈴、パスポート」

「ありがと！　有斗君、カップルって言うのめっちゃ緊張してたでしょ？」

「恥ずかしいから言うなっての」

「えへへ、ごめん。開園までもう少しだね！」

　その場で十分ほど待っていると、遂にゲート前の大きな時計が九時を指し、アナウンスの後に開園となった。いつの間にか大混雑になっていてドッと寄せる人の波に押されながら、ゲートをくぐって園内へ入る。レストランとギフトショップが並ぶ通りを抜けると、幾つものアトラクションが俺達を迎えてくれた。

「よし、まずは何から乗ろっか！」

「ちーすーずーさん、お目当てのショーの確認と撮影が先だぞ」

「あ、そうだった。普通に遊びに来たつもりになってた！」

　間違えたのがおかしくて堪らないというように、彼女は吹き出す。そして入口のゲートでもらった紙のマップを見ながら、目指す場所を指差した。

「ここ！　ここのレストランの横のステージだよ。えっと、初回は……十時半だね。その前に撮影もしたいし、良い場所で観たいから偵察しに行くよ！」

「おわっ」

　俺の腕を引っ張って走り始める千鈴。ぽっかりと浮かんでいる二つの徒雲が、忙しなく動く俺達を見物するようにゆったりと風に揺れていた。

「ここかあ。ふふっ、ステージ楽しみだな」

ログハウスのような見た目のレストランの横に、数人が乗って簡単なショーができそうなステージが組まれている。まだ開始まで一時間以上あり、陣取って待っている人はいなかった。

「千鈴の好きな女優さんがパラディーとかに交ざってショーするのか？　ヒーローショーみたいな感じ？」

パンフレットに載っていたショーの案内を見ながら訊いてみる。パラディーはこのパーク、カラフル・パラディーゾのメインキャラクターだ。

「ううん、そこまで子ども向けじゃないみたい。何人か俳優さんが出てきてラブストーリーの演技するんだって。で、その途中でパラディーが出てくるみたいな」

「なんかすごいシュールだなそれ……」

だよね、と彼女は口に手を当てて笑う。ショーの案内のページに載っている写真の女性が、千鈴の好きな若手女優らしい。テレビでは見たことがないので、舞台中心に活動しているのだろう。

「あ、ねえねえ、有斗君。あれ、ＳＮＳで見た期間限定のドリンクだよ。ちょっと気になるな」

「よし、それで撮影頑張れるなら俺が買ってやろう」

「え、ホント？　有斗君、ありがと！」

エラそうな芝居をすると、彼女もまた演技がかって両手の指を絡めて組み、歓呼した。こういうシーンで男子の気が大きくなるというのは本当らしい。財布の残金など確認せず、カッコつけてしまう。

キッチンカーまで行って注文すると、店員さんがすぐにドリンクを作ってくれた。

「お待たせしました、タピオカザクロスカッシュになります」

「有斗君、ホントに嬉しい！　ありがとね！」

千鈴はスキップのように跳ねて歩きながら一口だけストローで啜っている。透明なプラスチックの容器に入ったそれは、深い赤色の液体にタピオカがゴロゴロと沈んでいて、炭酸の泡が中で小さく浮かんでは弾けている。色鮮やかで組合せも面白いので、SNSで人気になるのも納得の商品だった。

「じゃあ千鈴、先に演劇ガールの撮影する？」

「うん、先に『これから行ってきます』って感じで撮って、ショー観た後にもう一回感想を撮ればいいよね？」

「ああ、ショー自体は撮れないからな」

ショーを観た後に、これから観る体で前半部分を撮ってもいいけど、「ありのままの自分を届けたい」と言っていた彼女はそんなことはしないだろう。

「……あれ？」

ふと、何かを探すかのように、千鈴がキョロキョロと辺りを見回す。

「そういえば、撮る場所ってどうしよう？」

「あっ、確かに……」

外の撮影も過去に何回かやってきたのに、肝心なことを見落としていた。彼女の横で歩きながらスマホで撮るならまだしも、ある程度距離を取ってカメラを回し「こんにちは！　演劇ガールです！」なんて挨拶をしていたら、間違いなくギャラリーが寄ってきてしまう。衆目を集めることは、俺も彼女も望んでいないことだった。

「どこでやるかなあ。あのベンチ……は目立つよな。アトラクションの裏とかでこっそり撮れる場所があれば……」

「いや、なんかそれはそれで、ちょっと恥ずかしい……」

顔をイチゴみたいな赤に染める千鈴。人目につかないところで男女二人で撮影しているのを想像した俺は、「ちゃんとした場所がいいよな！」と慌てて打ち消した。

「そうしたら、レストランで座って撮るか。ちょっとBGMとかうるさいかもしれないけど、それも外の撮影の醍醐味ってことで」

「レストランもちょっと人目がなあ……あ、ねえ、有斗君、あれは？」

彼女が斜め上、遮るもののない高い空を指差す。その先にあったのは、虹色カラーのゴンドラが幾つも回っている、大きな観覧車だった。

「なるほど、乗りながら撮影ってことか」

「揺れる、かな？」

黙って考え込んでいた俺に、千鈴が不安そうに訊いてきたので「あ、いや、やってみようぜ」と慌てて返す。正直、撮影ができそうかどうかよりも、「女子と二人っきりで観覧車に乗る」ということで頭がいっぱいになっていた。

「私、カラパラの観覧車乗るの初めてだから楽しみ！」

「そっか、俺もだ」

同調してみたものの、俺の場合はカラパラに限らず、これまで女子と観覧車に乗った覚えがない。どうやら人生初らしい、と頭が理解すると、隣の千鈴に聞こえそうなくらい、鼓動が加速していった。

「結構並ぶねえ」

スマホでカラパラのサイトを調べながら、体を右に傾けて列の先を覗く千鈴の呟きを聞く。

「絶叫系除いたら一番人気のアトラクションらしいからな。それより一周十八分だってさ。ちゃんと話すこと考えておけよ」

「げっ、短い！　カラパラの思い出とか話そうと思ってたのに」

ちょっとずつ列を進めながら、彼女は下を向いてぶつぶつと練習し始める。至って真剣な表情だけど、漏れ聞こえる声が「お芝居、楽しんでますか？　演劇ガールです！」なんて内容で、そのギャップが面白かった。

「次の方、どうぞ。頭上に注意しながらお入りください」

スタッフのお姉さんに案内され、バッグから出したカメラと三脚を腕に抱えて赤のゴンドラに乗る。向かい合って二人ずつ、四人は座れそうな大きめのゴンドラ。風もそこまで激しくないので、揺れも少ない。

うん、これなら撮れそうだ。すぐに三脚とカメラをセッティングして、向かいの彼女にレンズを合わせた。撮影モードになると、さっきまでの緊張も解ける。この瞬間は「撮影者」と「ユーチューバー」の関係でいられる。

「有斗君、撮れそう？」

「大丈夫。そっちは？」

「ん、いける」

最小限の会話。それは、お互い撮影に慣れてきた証でもあった。

「基本はいつもみたいに回しっぱなしにしてるけど、途中でちょっとカメラ動かして

外の景色映すからね。じゃあ演劇ガール、張り切っていきましょう！　五秒前！　四、三……」・

「皆さんこんにちは。お芝居、楽しんでますか？　演劇ガールです！　今日はなんと初めての屋外ロケでの撮影です！　カラフル・パラディーゾ、通称カラパラにやってきました！」

わーっ、と自分で盛り上げながら小さく拍手をする。他の人の動画も見て研究しているのだろう。大分喋り方が板についてきた。

「早速脱線しちゃうんですけど、まずはさっき買った、ここでしか飲めない炭酸ジュースを飲んでみたいと思います。期間限定、タピョ、タピュヨカ……有斗君ごめん、撮り直す！」

「カット！　ち・す・ず・さーん！」

商品名を思いっきり噛んだ彼女に、すかさずツッコミを入れる。「ごめんね！」と思いっきり両手を合わせて謝る彼女、「最初からいくよー！」と仕切り直す俺。時間がない中でも、この空間はなんだか楽しくて、二人ではしゃぎながら撮影を続けた。

「というわけで、これから剣崎栞さんが出ているショーを観てきたいと思います。その前に、栞さんのこれまでの舞台の中で一番好きな台詞を演じてみますね！　観覧車の中なので動きまではできないですけど……『ハイド&シークァーサー』より」

作品名を口にして、彼女は目を閉じる。すうっと深呼吸して目を開くと、その表情は希望に満ち満ちたエネルギー溢れるものになった。

『自分に嫌気がさして、閉じこもってたの。でも、そのままだと世界って本当に何も変わらないから。ううん、違う。世界は変わらないから、自分を変えなきゃいけない。だから私は、たくさん自分に強く当たった分、今度は世界に体当たりできる自分になるの』

言い終えると、また彼女は深呼吸して元に戻り、「いかがでしたか？」と言って作品の解説に入る。やはり演技というのはすごい。色んな人格を宿すことができる。でも、普段の彼女と演技の彼女が違い過ぎて、それは即ち、普段の彼女が台詞の通りにポジティブに振り切れていないことを示していた。

「では、ショーを観てから後編として感想動画を撮りますね。まずは一旦ここまで、演劇ガールでした！」

地上間近の観覧車の中。彼女が数秒間手を振るのを待ってから「オッケーです」と録画を止める。

「千鈴お疲れ」

「有斗君もお疲れ」

ホッとした表情を見せる千鈴と一緒に、三脚とカメラを急いで片付ける。バッグのチャックを閉めて一息ついていると、横のドアがガコンと開いた。

「はーい、ありがとうございましたー！」

さっきのお姉さんが出迎えてくれる。あっという間の一周十八分だった。

「いやあ、本気出したら短時間でもできるもんだな。画面揺れもそんなになかったと思う」

「『多少ブレがあります』って注意のテロップつけておけばいいもんね。それにしても観覧車……あーっ！」

突然叫び出した千鈴。続いてガックリと肩を落とす。

「どした？」

「全然外の景色見られなかった！　せっかくの機会だったのに！」

「……ぶはっ！　確かに！」

そんな余裕なんて一ミリもなかったもんな。

「もう、笑いごとじゃないよ！　初めて男子と乗った観覧車なのに！」

「お、マジか。俺もだよ、初めて女子と乗った」

「二人で呑気（のんき）に撮影なんかしてる場合じゃなかったよー！」

「でも観覧車で撮影するの提案したの誰だっけ？」

「私だけどさー！」

千鈴は溜息（ためいき）をつく。彼女も乗ったことがなかったというのがちょっと驚きで、でもそんな「異性と初めて観覧車」という青春を二人とも動画の撮影で塗り潰（つぶ）してしまったのがおかしくて、目が合った彼女と一緒に苦笑いした。

「よし、まずはショーを観よう。千鈴、終わった後はこの近くで撮る？」

「うん、感想は短くていいと思うし、早く感動を伝えたいからどこかあんまり人目に付かないところでパッと撮りたいな」

そのままステージの前で場所取りをして、ショーを観る。彼女の話していた通り、基本的にはコメディありのラブストーリーがメインのお芝居で、歌やダンスがない分、俺も気恥ずかしさを感じることなく観劇できた。途中で「キャラクターに変えられた人間」という設定でパラディー達が出てきたのも、なかなか面白い設定だ。

「ねえ、有斗君、さっきの見た？　今の栞さんの諦（あきら）めたときの言い方、すっごく上手だったよね！　後ろで観てる人にはほとんど見えないのに、ちゃんと表情作ってるのもプロだなあ！」

千鈴はと言えば、すっかりこのショー、否、栞さんに夢中になっている。二十代前半くらいの若い女優さんだけど、確かに引き込まれるようなオーラを放っていて、舞台に引っ張りだこだという千鈴の解説も頷（うなず）けた。

その後、奥まった休憩スペースでベンチに座りながら撮った感想動画での彼女のテンションは凄まじく、「すごい」と「カッコいい」をそれぞれ七回ずつは繰り返していたと思う。ともあれ、これで今日の撮影は無事に終了、まだお昼前の十一時半だ。

「有斗君、これからどうする？」

「んー、帰って編集かな」

「えっ？」

冗談で言った一言に、びっくりするくらいの反射神経でこちらを振り向く。茶色の髪がフッと揺れて、隠れていた左耳が露わになった。

「んなわけないだろ。せっかく来たんだし、お金もったいないし。何か乗ろうよ」

「……だよね！　もう、有斗君いじわるだなあ」

「でもお腹も空いてきたな。先にお昼ご飯にしよっか」

「うん、そうしよ！」

お金がもったいないなんて下世話な建前を口にしたのは、素直になれなかったから。

せっかく来たから二人でもう少し遊びたいなんて、真正面からは言えそうになかった。

そして、まるでデートみたいな数時間が始まる。

「有斗君、絶叫系は大丈夫？」

「ああ、うん。問題ないよ」

「じゃあまずはアレだね！」


「……ちょっと有斗君、大丈夫？　ベンチで休む？」

「うぐ、気持ち悪……まさかあんなに急角度で落ちるなんて……」

「まったく、絶叫大好きユーチューバーだったら失格だよ」

「そんなのにはならないよ……」


「次はどうする？」

「私、あれ……乗りたいかも」

「メリーゴーラウンドか！」

「高校生で変かな？」

「いいんじゃない？　良かったら撮らせてよ、動画で一瞬使ったら面白そうだ」

「ええっ、なんか恥ずかしい！」

「あ、パラディーだ！　踊ってる、可愛い！」

「さっきのショーでも思ったけど、着ぐるみにしては動きが俊敏だよな」

「ね、ね、スタッフの人に写真撮ってもらおうよ」

「じゃあ二人で挟もう。千鈴はそっちね」

「次は……メリーゴーラウンドときたら、やっぱりコーヒーカップだよね。知ってた？　カラパラのは自分達で回るスピードを調整できるんだよ」

「へえ、そうなんだ。俺の三半規管に挑む気だな」

「それそれそれー！　回せ回せー！」

「ぎゃあああああああ！　千鈴、ストップ、ストップストップ！」

元気な千鈴についていく形でアトラクションを回り、一緒にビッグサイズのハンバーガーを食べる。お土産ショップのパラディー帽子を被って遊び、またアトラクションに乗る。

まるでデートみたいな過ごし方だな、と思っていたけど、多分そうじゃない。

これは、デートそのものだった。

「あーもう夕方だね」

十七時近くなり、園内に西日が射しこむ。陽光が彼女の左半身を照らし、頬をオレンジ色に照らした。

「そろそろ帰らないと」

「じゃあ最後に何か乗る？」

んー、とあごに指を当てながら辺りを見渡していた千鈴は、動きを止めて口角を上げる。

「あれ！」

彼女が指したのは、観覧車だった。

「朝はちゃんと景色見られなかったからさ。もう一回いいかな？」

「もちろん。よし、並ぼう」

午前中はカメラを準備しながら並んだ観覧車に、今度は何も用意せずに向かう。撮影ではなく、外の景色を目に焼き付けるために、ゴンドラに乗りこんだ。

「うっ……わあ……」

「すごいな……」

昇っていくゴンドラの中で窓に顔を近づけて、二人揃って言葉を失う。沈みかけの太陽、その光に包まれるビルと街、夜の支度を始めた紫色の上空。ただただ鮮やかな色に包まれた世界は、綺麗とか、美しいとか、そういう言葉すらちゃちに思えた。

「有斗君、今日、ありがとね」

「ああ、うん。俺も楽しかったから」

眼下に広がる、雄大な絵画のような風景に見蕩れていると、向かい合う彼女は子どもがガラスに絵を描く時のように、はあっと大きく息を吹きかけ、曇ったガラスに人差し指で「うれしい！」と書いた。

「声が出なくなるまでに来たいなって思ってたから。だから嬉しいの」

その言葉に、俺の心は鉛が入ったかと思うほどズシリと重くなる。何と返事してあげればいいのか、たくさんの言葉が脳内を巡るうちに、人生経験の少ない自分が彼女に刺さるようなことは言えないのだと気付かされる。

「……色んなところに行こうよ」

「え？」

やがて口から出てきたのは、慰めでも激励でもなく、提案だった。

「前に動画の中で演技してたじゃん。『ワタシね、この世界で与えられたものは、使い切った方がいいって思ってるの』って。せっかくだしさ、全部やりきろうよ。あ、もちろん……声が出なくなっても色んなところには行けるんだけど、その、喉が大丈夫なうちの方がきっと千鈴も、もっと楽しいというか……」

最後の方はしどろもどろになってしまった。ダラダラと長く、カッコ悪い返事だけど、伝わっただろうか。

「……ありがと。なんか、うん、『演劇ガール』で声のあるときの私の姿を動画で残すのが一番やりたいことなんだけど、他のところにも行きたいな」

そう返事をした千鈴は、俺の方を見て優しい笑みを見せた。

「有斗君、優しいね」

その表情に、体はバカ正直に反応して、鼓動が高鳴る。目を瞑るのも惜しくて、瞬きが極端に少なくなる。

熱を持った体で、しかし頭だけは悲しいほどに冷静で、いつものようにもう一人の自分が脳内に現れる。諦めと嘲りを混ぜたような目つきで、「君は幸せな学校生活なんて送っていいの？」と漏らした呟きが、体の内側に響く。

だから、俺の返事は至極そっけないものになった。

「……優しくなんかないよ」

あれだけ彼女の顔を見ていたかったのに、こうして病気にもめげずに必死に生きている彼女を目の当たりにすると、自分がとても惨めに思えて、逃げるように視線を逸らしてしまう。

「何の役にも立たない動画作って。役に立たないどころか人を傷つける動画だよ。分別もつかないで、そんな人として最低なことを去年までやってたんだよ。俺は優しくなんかないし、優しい言葉をかけてもらっていい人間じゃないんだ。今手伝ってるのだって、罪滅ぼしみたいなものでさ」

わざと自分を傷つけるようなことを口にする。言葉にしてみて、改めて自分の幼稚さに嫌気が差して、自嘲気味に眉を上げる。反省しているとはいえ、頼まれたとはいえ、俺が動画なんて作っていいのかとやっぱり考えてしまう。

そして、虚勢も張れないボロボロの心の中で、「千鈴にどう思われるだろう」という不安が居座っていた。

彼女も何も言わず、時折ガコンガコンと音がするゴンドラは静寂に包まれる。暗がりが少しずつ広がる空、観覧車はまだ上昇を続けている。早く終わってほしい。気まずくて、長い間一緒にはいられない。

更に時間が経って観覧車がてっぺんまで来たとき、千鈴が俺の方を見ているのが気配で分かった。

「……罪滅ぼしなんて思わなくていいよ。有斗君はやっぱり優しいもん」

どんな非難も罵倒も覚悟しよう、と考えていた俺に彼女が投げかけたのは、予想とは違う肯定の言葉だった。

「そん、なこと……」

「人を傷つける動画を作っちゃってたかもしれないけどさ、そこから一年半くらいずっと後悔して、反省してるんでしょ。反省の期間がどのくらいの長さならいいかなんて分からない。でもね、少なくとも私は、有斗君が今こうして私を手伝ってくれてることで救われてるよ」

「いや、救うなんて大袈裟なものじゃな――」

「ううん、救ってくれてるよ」

俺の言葉を遮って、彼女がこちらにグッと顔を寄せた。重心が傾き、観覧車がぐらりと揺れる。

「声が出なくなる私の、今の声を残してくれてる。私はこんな声でこんな話し方だったんだよって、みんなに紹介できる動画がもう四本も出来上がってるの。それがすごく嬉しい。有斗君は納得しないかもしれないけど……それでもね、辛い思い出があることを知らなくて無理やりお願いしたのに、引き受けてくれて本当に感謝してるんだ。そういうところ、すごく優しくて素敵だと思う。ありがとうね」

「……こっちこそ」

もう、一言返すだけで精いっぱいだった。

彼女の言葉で、俺のささくれ立っていた心は温泉にでも浸かったかのように落ち着いた。潤った心から溢れてきた水分が、上へ上へと昇り、目から零れそうになる。

許されることじゃないと分かっていた。ずっとずっと自分を責め続けていた。でもきっと、心のどこかで俺は、「大丈夫だよ」と誰かに言ってほしかったんだと思う。それで何もかもが許されるわけじゃないと知りつつも、苦しみを理解してくれる人を待っていた。

言葉ってすごい。俺達が相手を刺すために使っていた言葉のおかげで、久しぶりに気持ちが安らいでいる。

千鈴がいて良かったと、千鈴を撮る役が俺で良かったと、そんな風に思える。

ずっと蓋をしていたその感情の正体を、もう無視することはできなかった。

「はい、ありがとうございました！」

地上に着き、こっちの事情を知らないお姉さんが、元気にガコッと入口を開けてくれた。

沈みかけの夕日。もう少ししたら光は消え、空には暗い暗い夜が広がるのだろう。

「じゃあ帰るか」

「うん、帰ろ」

ゲートに向かって歩き出す。引き留めるように、向かい風が吹いた。

「寒くなってきたな」

「冬まであっという間だね、きっと」

忘れものはないかな、とバッグの中身を思い出す。目線を下に落としたので、左を歩く彼女の右手が空いていることに気付いた。

予定外のことを急に口にしたら、うまく伝えられない気がする。

だから、言葉には頼らないようにして、手を近づけたい。

「…………っ」

そんな風に想いを伝えて良いのか、動かしそうになった腕を止めた。

いいのか。俺がこんなことをしていいのだろうか。拒絶されたら？　変な目で見られたら？　もう動画には関わらないでと言われたら？

勝率の低い賭(か)けに、不安ばかりが募る。

でも、それでも。

この一年半、ずっと自分は、自分を否定することで過ごしてきた。あんなことをした自分が幸せになっていいはずがないと思っていた。もう何も要らないと、要らないから許してほしいと、そうやって世界と繋(つな)がるドアを閉じて生きてきた。

さっきの千鈴の演技を思い出す。

『そのままだと世界って本当に何も変わらないから。ううん、違う。世界は変わらないから、自分を変えなきゃいけない。だから私は、たくさん自分に強く当たった分、今度は世界に体当たりできる自分になるの』

もし違う世界を見たいと望むのなら、何かを変えないといけない。どこかで踏み出さないといけない。もし踏み出すなら、勇気を出すなら、その相手は季南千鈴が良かった。

スッと、左手で彼女の手を柔らかく握った。振りほどいてもいいよ、と逃げ道を残すように。

温もりが伝わってくる。千鈴の体温を感じる。

「………えっ」

千鈴は驚いたようにこっちを見た。目を合わせるのが恥ずかしくて、まっすぐ前を見る。

彼女は、手を振りほどかなかった。優しく握り返してくれた。

「まだちゃんと喋って二週間ちょっとしか経ってないのにな」

俺がそう言うと、彼女は「関係ないよ」とゆっくり首を振る。

「時間なんて別にいいじゃん。お互い、秘密を分け合った仲だしね」

「……だな」

そうだな。関係ないよな。こんなふうに始まる恋が、あったっていい。

胸の中にあるのは、短い中でもゆっくり、確かに積もっていった想いだから。

「千鈴」

「うん？」

「好き、だと思う」

結局口にしてしまった。飾りも捻りもない、たった一言の気持ち。彼女と一緒にいたいという、ただそれだけ。

数秒目が合った後、彼女はキュッと目を瞑る。そして、潤んだ目でもう一度俺を見ながら、空いている左手を自分の頰に当てた。

「……えへへ、照れるよ！　顔熱いし！　もうっ、完っ全に有斗君のせいだからね、もうっ！」

左手で俺の肩をパタパタと叩く。その頰が真っ赤なのは、秋の夕暮れの寒さのせいじゃないだろう。

「私も。有斗く……有斗のこと、好きだなって思うよ」

「……そっか」

熱が逃げないように、指と指を絡めて、しっかり手を繫ぐ。

十月五日。こうして俺達は、恋人になった。

第四章　掠(かす)れた声で

週明け、十月七日、月曜。全員が土日でたっぷりエネルギーを充電したのか、十分間しかない二限の後の休み時間もクラス内は騒がしい。

「え、それ木澤(きざわ)の彼女？　見して見して！」

「マジで、めっちゃ美人じゃん！」

他のヤツらと一緒に、友人のスマホに群がる。全員が顔と同じくらいスタイルを褒めていて、「男子高生」が炸裂(さくれつ)していた。

「千鈴、そのヘアゴム可愛いね！」

「えへへ、でしょ？　モールのセールで買ったんだよね」

よく通る、聞き馴染(なじ)んだ声に気を引かれ、ちらと女子グループの方を見る。少し伸びた後ろ髪を、千鈴がハート付きのヘアゴムで縛っていた。彼女は時たま、あんな感じで結んでいる。

土曜のカラパラのデート後、夜も千鈴と通話した。親が近くにいないか気配を読み取りつつ、万が一、ドアを開けようとしても大丈夫なように鍵をかけてのおしゃべり。緊張したけど、それはそれで面白かった。

そして、日曜夜も話した。特段喋りたいトピックがあるわけじゃないけど、喋りたい相手だから喋る。撮ってみたい演劇ガールの企画、新商品のお菓子、クラスの女子の噂、観たい映画、多すぎる英語の宿題。共通項が多いから話題には事欠かないし、もっともっと彼女を知りたくて、どんなことでも話したかった。千の鈴と書く名前の字の通り、鈴を奏でるように綺麗な彼女の声は電話越しでもとても素敵に聞こえた。

「季南、そのゴム可愛いじゃん」

「お、田淵君、ありがと。男子にも褒められるとはね」

ふらふら歩いていた田淵が、千鈴に話しかける。割とイケメンだし、男女問わず普通に話せるので友達も多い。

「よく見ると季南の髪、すごく綺麗な茶髪だよね」

「はいはい、それ以上褒めても何にも出ないぞ」

田淵が「マジだって」と言いながら彼女の髪に触れる。その瞬間、俺はグループの輪から抜けて、今まさに通りかかったかのように近づいた。

「おーい田淵、女子の髪触るのはセクハラだぞ」

「いやいや有斗、髪はセーフだろ」

「ふっふっふ、それを決めるのは季南だぜ」

「わーセクハラー！　ハラスメントですよー！」

「訴えられてるー！」

一笑い取ってから、俺がさっきいた場所まで田淵を引っ張っていく。

「今さ、木澤の彼女の写真見てたんだよ」

「木澤の！　すげー興味ある！」

無事に遠ざけられて良かった。どう考えても嫉妬だったんだけど、この後モヤモヤしっぱなしで過ごすよりだいぶマシだった。


「有斗、お待たせ」

「おう」

放課後、俺達が打合せするための集会室。いつも通り机を動かして話せる場所を作っていると、千鈴がドアをカラカラと引いて入ってきた。

一つの長机に向かい合って座る。少し前までは二つくっつけて正方形に近い形にしていたけど、これが今の、俺達の距離。

「どうした？　何か楽しそうだな」

「んー？　そう？　そうかな？」

秘密を早く喋りたい子どものように、彼女は両手を口に当てて揺れている。

「さっき、田淵君が私のこと触ったから止めに来たんでしょ」

「……なんかやだった」

図星だったので、ちょっとそっぽを向く。機嫌が悪くなったわけじゃない。思い出して気恥ずかしくなっただけ。

「うへへ、有斗はかわいいなあ」

俺の頭をポンポンする千鈴。自分が随分子どもっぽく感じられてしまって、拗ねるようにそっぽを向いて「うっさい」と呟く。

「ありがとね、嬉しかった。はい、どうぞ」

彼女の方を見ると、少し斜めを向いて、髪を触れるようにしてくれている。何度かその髪を撫でると、むふーっと満足げに目をキュッと瞑って笑った。

何だか今日は振り回されてばっかりだ。でもそれも、悪い気はしなかったり。

「よし、じゃあ次に撮る企画決めるぞ」

「はい、有斗先生！　私、考えてきました！」

ピッと挙手する千鈴。小学一年生のように真っ直ぐ挙げているのが面白い。

「家で舞台の映像を観ながら食べるのにぴったりなお菓子を探すってどうかな？　ほ

ら、おせんべいだと音がうるさいし、重いお芝居だと甘ったるいチョコはなんとなく合わないでしょ？」

「おっ、それ面白いな。当日タブレットとかで映像観ながら試してみるってことか」

「そうそう。色んな種類のお菓子を買っておいてね。で、途中でもちろん作品解説も入れて、興味ある人はどうぞって」

「甘いのとしょっぱいの、両方の部門で選手権だな。予算嵩(かさ)みそうなら、駄菓子限定とかにしてもいいかも。俺の好きな酢漬けイカとか音も出ないし優勝候補だな」

「あ、それもいいね、みんなマネしやすいし！　私、大好きだから笛ラムネは外せないね」

「なんで観劇に一番うるさそうなの持ってくるんだよ」

ツッコミを入れながら、好きな駄菓子の話へと脱線する。脱線から企画が思いがけない面白い方向に転がっていく……なんてことはほとんどないんだけど、楽しいのでなかなか止(や)められなくて、あっという間に五分、十分と過ぎていく。そしてどっちかが「違う違う、企画！」と軌道修正して、またふとしたタイミングで別の話題に移る。それを繰り返し、二人で笑いながら、企画を詰めていった。

「そうしたら、明後日(あさって)の水曜に撮影でいいか？」

「うん、大丈夫。あとさ、有斗」

千鈴は少し言い淀んだ後、表情を窺うように上目遣いで俺の方を見た。

「安い編集ソフト買ったんだ。だから今回はそれで編集してほしいんだけど……」

「え、買ったの？　別に俺がやるのに」

「ほら、横で操作見ながらたまに手伝ったりしてさ、いざという時に私もできるようになっておかないとじゃん。有斗がインフルエンザに罹ったりしたら全部自分で作らないとだし」

「縁起でもない予想するなよ」

言いながら、中学のときにインフルエンザの高熱で一週間休んだことを思い出した。同時に、それが一月末の大流行シーズンであったことも。彼女は一月に手術と言っていたけど、具体的な日付は聞いていない。万が一そんな時期に俺が倒れたとして、彼女は自分の話してる姿を撮れるのだろうか。イヤな想像が一気に渦を巻き、俺は振り払うように頭をぶんぶんと振った。

「ほら、このソフト買ったんだよ。編集画面とか、なんとなく有斗が使ってるものと似てたから」

彼女はスマホで撮った「デジタルスタジオ」と書かれた大きい箱の写真を見せてくれた。俺が持っているソフトと同じように、中に入っているディスクでパソコンにインストールするのだろう。

「急に無理言っちゃってごめんね。パソコン持ってくるから、一緒に画面見ながら操作の確認できたらいいなって」

「おう、いいよ。撮影終わったらやろうぜ」

「ありがと！」

最後に撮影場所のレンタルスペースを予約して、今日の打合せは終了。机も戻したし、あとは先生達に見られないように出て行くだけだ。

「ふふっ、ユーチューブばっかりやってるとデートできないね」

「ん、あ、そうだな」

ドアを開けて外に顔を出し、先生がいないか確認しながらデートの話をする千鈴。

俺と目が合わない状態で言ったのは、大した問題と思ってないからなのか、照れてるのを隠すためなのか。後者ならいいな、なんてつい考えてしまう。

「じゃあ千鈴、電気消すぞ」

「外、誰もいないよ、だいじょう――」

入口横の電気を消した俺と、振り向いた千鈴。ドアの前で、思いっきり近距離で目が合う。

顔が変わったわけじゃないのに、ものすごく可愛く見える。少し前は別の顔がタイプだった気がするけど、彼女はあっという間に上書きしてしまったらしい。実際は二秒くらいのはずなのに、十数秒に感じられるくらい、じっと見つめていた。

脈がどんどん速まる。自分が自分じゃないみたいに、熱を帯びてフワフワした気分になる。

視線を彼女から逃さないまま、ガラガラと、ゆっくりドアをしめる。それは、誰にも見られないようにする配慮でもあり、彼女への無言の問いでもあった。

千鈴は何も言わない。ずっと俺に目を合わせている。

「二人っきりですな、千鈴さん」

「そうですな、有斗さん」

照れをごまかすように茶化したのを真似た彼女に、顔を近づける。ドアに後頭部を当てないよう、綺麗な茶色の髪を手で押さえながら、俺達は静かにキスをした。

集会室でのナイショの一件の翌日、十月八日の火曜日。自販機に行こうと廊下を歩きながら、スマホを開く。撮影がない日でも、昼休みにはこうしてついついチェックしてしまう。千鈴から何か来てたらと思うと、電源を入れながら否でも期待が高まり、弾む足取りで廊下を軽快に歩いていく。

「締まりのない顔してるなあ、アルト」

「おわっ、慶か！」

彼が急に声をかけてきたことに驚き、思わずバッと後ろに跳んでしまった。

「何だよ急に」

「それはこっちの台詞だよ。どうしたんだよ、なんか浮かれてる感じだぞ？」

不意に彼は、何か思いついたかのように眉をクッと上げ、続いて意地悪げな笑みを浮かべて右肘で俺を小突いた。

「まさか季南さんと付き合い始めたとか？」

「あ……」

図星で反応に困ったまま口を開けていると、慶の表情がみるみる驚きに変わり、俺と同じように口をパカッと開く。

「え、マジで？」

「……絶対言うなよ」

彼は「もちろん」と頷いた。慶のこういうところは、中学の頃から信頼できる。

「おめでとうな。アルトの彼女は……中学二年のユミぽん以来じゃないか？　あ、違うか、三年のときに二ヶ月だけユカと付き合ってたか」

「やーめーろ、過去を全部検索するな」

これだから幼馴染ってのは困りものだ。

「……ってことで、その帰りに付き合ったんだよ」

「ふうん、この週末にそんなことがあったのか」

校舎二階、よく慶と話す西側の屋外渡り廊下で、これまでの経緯を話す。自分の過去を曝け出したこと、それを受け止めてくれたことも、俺の過去の過ちを知っている彼には包み隠さず打ち明けられた。もちろん、千鈴の病気のことだけは秘密のまま。

「うん、そっか、うん」

渡り廊下から教室の廊下に戻りながら何度か相槌を打った後、彼は柔らかい笑みを湛える。

「良かったな。ちゃんとそういうところまで話してるなら、うまくやっていけると思うよ」

購買部の向かいにある自販機でコーラを買った慶は、「めでたい！」といって俺の胸元に突き出した。

「お祝いの品だ！　安いけど！」

「……いつもありがとな」

ひんやりと冷たいそのペットボトルを受け取ってお礼を言うと、彼は「昔からの仲だろ」と言って笑い、手を振って教室に戻っていった。

プシュッとキャップを開けて、ぐびっと炭酸を流し込む。いつもはもっと甘ったるいのに、今日は何だかスッキリした味に感じられて、爽やかな気分になった。

「ねえ、北沢」

慶に続いて、教室で声をかけてきたのは三橋だった。

「チーちゃんと何かあった?」

「えっ……」

咄嗟の質問に、さらりと否定しなければいけないところを思わず正直なリアクションをしてしまう。

「な、なんで?」

「んー? いや、ワタシ達と話してるときも、よく北沢のこと見てるなって」

彼女の仕草の真似なのか、首をサッと動かして横を見るフリをすると、ポニーテールがポンッと跳ねた。やっぱり女子は鋭い。

「いや、えっと……」

「ふふっ、まあ答えなくていいよ」

答えに窮していると、三橋は「なんとなく分かるから」と言いたげに首を振る。

「楽しそうで良かったな、と思ってさ。なんか、夏の練習のときすっごく塞ぎ込んでてね。それで文化祭終わったら、家の都合で部活休むなんて話になって。たぶん別の理由なんじゃないかなって、ちょっと心配してたんだよ」

親友だから全部打ち明ける、ということではない。親友だからこそ、心配をかけまいと黙って、休みにしたのだろう。

夏に手術の話が決まったと言っていた。その時期の彼女の落胆はどれほど大きかったのだろう。そして、俺や他のクラスメイトが気付かないほどそれを隠していたことにも、彼女の気遣いが感じられた。

「チーちゃんのことよろしくね」

「……ああ、任せとけ」

短く、でも力強く言うと、三橋は嬉しそうに俺の肩をポンと叩いて、「ねえねえ、何の話ー？」と千鈴達がいるグループに戻っていった。


「やっほ、有斗！」

「走るな走るな、転ぶぞ」

改札を出てすぐ、コンビニの前で待っていると、制服の千鈴が走ってきた。週の真ん中、九日の水曜日。今日は撮影の日だ。

学校の最寄り駅、桜上水から新宿経由で乗り換え、二十分ほど電車に乗って、五反田駅に着いた。制服姿で一緒に電車に乗ると見つかって噂になりやすいので、これまでと同様、時間をズラして乗ってここまで来た。実際に付き合っているのでバレても特に問題はないんだけど、「内緒の関係って良いよね」と彼女が楽しげにしているので、しばらくは秘密の交際になりそうだ。

「私、五反田って初めて降りたよ」

「俺も。降りる用事ないもんな」

高級住宅街と副都心のちょうど間に位置するこの駅周辺には、幾つもの会社と大きな私立大のキャンパスの一つがあるらしい。駅ビルに買い物に来ている親子以外は、スーツの人と私服の大学生ばかりが目に留まった。

「有斗、今日のレンタルスペース、安かったんだっけ？」

「ああ、三周年記念かなんかで、先着五名は一時間百円だった」

「すごい！　いいところ見つけたね！」

古めかしい居酒屋を何軒も通り過ぎ、目的地のマンションへ。やや歓楽街に近い場所で、高校生男女が行くには少し勇気がいる場所にある。終わって出るときは足早に駅の方まで戻ろうと決めて、エントランスに入った。

「わー、シンプル！　ただの部屋って感じ！」

部屋に入ると、真っ白な壁に洒落(しゃれ)っ気のない大きな机が一つ、椅子が六つ。簡単な打合せができるようになっている、ただただ座って話すだけの部屋だった。

「よし、今回はポスター持ってきたからな。これ貼って飾っていくぞ」

「それは有斗に任せる。私はカメラやるね」

「いや、斜めになったらカッコ悪いだろ、一緒に貼ってくれ」

「んもう、彼女使いが荒いなあ」

口を尖らせている千鈴はしかし、どこか嬉しそうにポスターの片側を持つ。なんだか先月の文化祭の準備でも、こうやって模造紙を二人で持った覚えがある。あの時はまだ、友達ですらない、ただのクラスメイトだったたな。

「ねえ、有斗」

「ん？」

「文化祭の準備、思い出さない？」

千鈴は楽しそうに訊く。こういうところの波長が合うのは嬉しい。

「金の折り紙で飾り付けしたヤツな」

「あ、そうそう！　私もそれ思い出したの！」

「千鈴、折り紙クシャってしちゃってな」

「あーれーはー結衣ちゃんの渡し方が悪かったんだよう！」

セロハンテープを切りながら、彼女はブンブンと手を振って否定した。

まだ一ヶ月前のこと。でも、随分前のことに感じられる。今はもう、呼び方も関係性も大きく変わっていた。

「準備完了！　有斗、カメラのセッティングやっていい？」

「うん、千鈴に任せるよ。俺は三脚やる」

　こうしてまた、彼女を映していく。彼女の声がまた一つ、映像になっていく。

「ふむふむ、このボタンで動画を切るのね。で、要らない部分を削除して、前の動画を繋げる……できた！」

「な？　動画を繋ぐだけなら結構簡単だろ？」

　五反田から少しだけ目黒方面に歩いた場所にある、大学生で賑わうチェーン店のカフェ。私服から着替え直した彼女と制服同士で横並びになり、編集の作業を進める。

　いつもと少し違うのは、開いているのが千鈴のノートパソコンだということ。彼女が新しく買った編集ソフトを見ながら隣で教えている。画面の構成は少し異なるものの、基本的な操作はそんなに変わらなかった。

「うん、普通に切り貼りするだけなら私もできる気がする」

「難しいのは繋ぎ方だな。暗転するとか、次の映像にフワッと移り変わるとかね。あと、音とかテロップもコツがいるから少しずつ覚えていけばいいよ。色んな動画見てると、『こういうテロップの出し方いいな』とか参考になると思う」

「先生、困ったら教えてくださいね」

「うむ、何でも訊きなさい」

　両指を絡める形で手を組んでお願いする千鈴と、ふんぞり返る俺。数秒顔を見合わせて、どちらからともなくプッと吹き出す。こういう何でもない一コマがいちいち楽しくて、もっともっと作業していたくなる。

「じゃあここから先は俺がやるよ」

　千鈴のパソコンを借りて作業を進めていく。彼女は俺の操作を興味深そうに見ながら、いつも通りＢＧＭやテロップの色などを選んでくれた。一緒に作っていくのももちろんだけど、撮った映像が少しずつ綺麗な「作品」になっていくのが面白くて、動画を作り始めた頃に感じていた楽しさを久しぶりに噛み締めていた。

「よし、アップ完了！」

「有斗、ありがと！」

　投稿を無事に終え、カフェを出て駅に向かって歩く。まもなく十九時、ラグビーボールのような楕円の月が、街の喧騒もどこ吹く風、夜をしっとりと照らす。

帰ったら二十時か、さすがにお腹減ったな。

「ねえ、有斗。もし時間あるなら、ご飯食べてかない？」

「え、あ、ご飯？」

親に連絡しないと。今日のおかず、なんて言ってたかな。

そんなことを考える前に、口が勝手に「行こうぜ」と言っていた。

千鈴と夜ご飯。後で怒られたとしても、家のことは完全に後回しだった。

「わっ、ホント？　やったあ！」

彼女はサプライズでプレゼントをもらったかのように飛び跳ねて喜ぶ。そして、俺の腕に両手を絡めてきた。

「夜デートだ！」

「……だな」

どこの店に行くか、色々話し合ったはずなんだけど、舞い上がったのか緊張しすぎたのか、記憶が曖昧。気が付いたらオムライスの専門店に入って、二人でメニューを選んでいた。

「俺はオムハヤシにするかな」

「んん……私は……ホワイトシチューのオムライス……いや、オムハヤシも捨てがたい……ううん、でも……」

メニューを強く握って唸っている千鈴に声をかける。

「半分こ、するか？」

途端にバッと顔を上げて、目を輝かせる。

「いいの？　じゃあホワイトシチュー！」

「オッケー。セットでジュースも付けようぜ。何にする？」

「ううん、ジンジャーエールにしようかな。炭酸強めのヤツね！」

「それは店に言ってくれ」

千鈴と一緒に長い時間を過ごせることがただただ幸せで、彼女の病気のこともしばし忘れて、この瞬間を慈しむ。

「……ねえねえ有斗、今週の土曜日なんだけどね」

「ん？　十二日か？」

オムハヤシのソースをスプーンでかき集めていると、千鈴がポツリと口にした。

「一日空いてるんだよね」

それなら撮影するか、と訊こうとすると、彼女は顎に手を当てて斜め上を向き、嘆息してみせる。

「あーあ、誰か遊びに誘ってくれないかなあ」

それは、甘えた演技が光る、彼女らしいアピール。うん、いいさ、俺も乗っかってやる。

「千鈴さ、今週土曜日、空いてるならどっか行かないか？　動画撮影抜きでさ」

途端に彼女は、機嫌良くむふーっと口元を緩め、「んっ！」と頷いた。

「どこ行きたいんだ？　安い席が空いてればお芝居でも見に行くか？　好きなのやってるか分からないけど」

「ううん、そういうのじゃなくていい」

明るい茶色の前髪をスッと横に払いながら、普通のがいいな、と千鈴は続ける。

千鈴の視線に合わせて窓の外を見遣ると、大学生らしきカップルが歩いている。女子の方は、有名な雑貨屋のロゴの入った、ポーチ大の小さな袋を嬉しそうに揺らしていた。

「普通に映画観て、ハンバーガー食べて、ウィンドウショッピングしてさ。そういうのやりたい。有斗となら、きっとそれだけで楽しいから」

彼女の言葉は本当に呪文みたいで。ただの音声なのに、いつも編集している波形のデータなのに、俺の体を熱くさせて、胸の中の鐘を軽やかに鳴らす。

俺がどれだけ嬉しいか、彼女に伝える術はあるだろうか。すぐには思いつかないから、代わりにスマホを取り出して、「俺も、きっと楽しいと思うよ」という気持ちを画面で伝える。

「映画、観たいのある？」

「あ、ここ新しい映画館だよね？『君と星空の下で』ちょっと気になってた！」

髪が触れ合う間合いで小さい画面を覗き込み、観たい作品を探す。それはきっと、本当に普通の、高校二年生の青春だった。

「悪い、遅れた！」

地下鉄、池袋駅の地下改札を出てすぐに左方向へ。比較的人が少ない円柱状の柱に背中を預けながら音楽を聴いていた千鈴は、パッとイヤホンを外す。

「んーん、私も今来たところ」

これ言ってみたかったんだよね、と彼女は歯を見せて笑う。そして、目線を少しだけ上げて小さく叫び声をあげた。

「髪、ちょっと立ってる！」

「たまにはな」

すました顔で答えたけど、思うようにキマらず、鏡に前髪を映しながら十五分くらい格闘した結果、電車を一本逃したのは秘密だ。

「まずは映画だね。有斗、案内よろしくね！」

「おうよ、任せろ」

彼女の数歩先を歩き、地上に上がる階段を上り始めた。

出かけると決めてからは木曜・金曜が信じられないスピードで過ぎていき、十月十二日の土曜日はあっという間にやってきた。過ごしやすい気温、雲一つない秋晴れの、絶好のデート日和。

天候の恩恵に与っているのは俺達だけじゃない。路線が幾つも交わるこの大きな駅の周りは、親子連れ、カップル、男子グループと、様々な人達でごった返している。大通りは歩行者天国になっていて、家電量販店やファミレスの入口はわいわいと賑わっていた。

「今日は撮影のこと考えなくていいから気が楽！」

「俺もカメラとかパソコンないから身軽だな」

「ホントだ！　いいね、そのバッグ」

カラパラのときとは別の、持ち手が付いたターコイズブルーのバッグ。細身だから物はあまり入らないけど色は気に入っていて、こういう特別な日に使う。

「私のバレッタと一緒の色だね」

「おっ、綺麗だなそれ」

千鈴がベージュのバッグから出した三角形のバレッタも、同じターコイズ。それを見つつ、俺は彼女の服装をまじまじと見た。

黒いセーター、グレーにチェック柄のフレアスカート。いつもは被っていない、もこもこの白いファーベレー帽が可愛い。オシャレしてきてくれているのが分かって、それだけで胸がいっぱいになった。

「あ、うん、良い並びだと思う！」

映画館に着いて、チケット販売機で二席分のチケットを買う。財布を取り出していると、横から千鈴が「私の分」と千円札を渡してくれた。

「飲み物とかどうする？　炭酸とか買う？」

俺の提案に、千鈴は「買う！」と親指をピッと立てる。

「あとせっかくだからポップコーンも食べよっかな。有斗も食べる？」

「いいね、食べよ食べよ」

列に並んで、モニターを見ながら味とサイズを選ぶ。男友達と来てたら多分買ってない。千鈴とだから、食べたい。

「良い席だね！」

スクリーンの後方、やや左寄りの真ん中。個人的にはこのくらい後ろの方で観るのが好きだった。「君と星空の下で」は公開されてしばらく経っているからか、かなり空いている。今日の上映も、昼前のこの回とレイトショーだけだった。

「予告編って結構楽しみなんだよね。あれもこれも観たくならない？」

「分かる。行きたいのあったらまた来よう」

耳打ちするように話していると、館内が暗くなり、予告編が流れる。来年二月公開の作品の次は、来年四月公開の作品の紹介。さすが大ヒット映画の続編、随分前から宣伝を始めている。

公開される頃には、隣にいる彼女は声を失っているのだろうか。映画館には来れる、一緒に観られるけど、感想をワイワイと話し合うことはできない。ハリボテのポジティブを纏って も、想像の及ばない不安がむき出しになって、頭の中をぐるぐると回る。

「これ、観たいな」

呟きながら、彼女の手を握った。彼女がいなくなるわけじゃない。冬だって春だって、そばにいる。それが今の自分にとって唯一の救いだった。

「え、何?」

少しだけ声が聞こえたのか、俺の方に顔を寄せてくる千鈴。

「いや、俺これが――」

彼女の方を向く。てっきり耳を近づけているのかと思いきや、真っ直ぐにこっちを見ていた。

目と目が合う。スクリーンの光で、口元が仄かに照らされる。

前後左右、人がいないことに感謝しながら、暗がりの中で静かに唇を重ねた。

「思ったよりテーマ深かったな」

「うん、すっごく感動した」

「千鈴めちゃくちゃ泣いてたじゃん」

そうなんだよー、と彼女はハンカチで目尻を押さえる。注射をした後の園児のように、目を真っ赤にしていた。

「私、最近いっつもスマホで映画観てたけど、やっぱり映画館だと違うよね。音もすごいし」

「そうそう、臨場感あるよね」

お昼のピークを越えている十三時半過ぎ、映画館を出て大通りまで戻る。気温がさらに上がったからか、池袋は映画を観る前より通行人が増えていて、賑わいの中で皆が各々の休日を謳歌していた。

「有斗、ご飯どうする？」

「んっとね、この近くだと候補は……ピザの食べ放題、玄米ヘルシー和食、新しくできたうどん屋とかかな」

調べてきたお店を伝えると、彼女はふんふんと嬉しげに相槌を打つ。このままだと「どこでもいいよ」という流れになりそうだ。俺はスマホのロックを解除し、とっておきのサイトを見せる。

「あとは……ここか」

「わっ！　わっ！」

そのリアクションで一目瞭然。俺は千鈴にぐいっと腕を引っ張られ、目的地のビルまで案内させられた。

「そろそろ来るかなあ」

「千鈴、それちゃんと残しとけよ？　これから口の中大変なことになるから」

「はいはい。有斗、お母さんみたい」

フライドポテトにマヨネーズとケチャップをたっぷりとつけながら、千鈴は軽く膨れてみせる。

飲食店が集まるビルの三階。夜はバーになるらしいけど、昼はカフェになっているレストラン。ランチメニューにはパスタやステーキの文字が並ぶ。

そして、ランチタイム限定の目玉メニューも。

「お待たせしました、ジャンボパフェになります」

「うっわあ、すごい！　ヤバい！　大きい！　写真撮りたい！」

ありったけの誉め言葉を連呼しながら、スマホでパシャパシャと写真を撮る千鈴。

高さ四十センチ、総重量二キロと紹介されていたジャンボパフェ。下から、コーヒーゼリー、コーンフレーク、チョコソース、フルーツと層になっていて、奇を衒ってていない「パフェの王道」の作り。大粒いちごにバニラアイス、そしてこれでもかとたっぷり生クリームが盛られた壮観な頂上を眺めるだけでテンションが上がる。

「千鈴、器持って。撮るよ」

「ホント？　じゃあお願い！」

顔の横に器を持ってくる。「冷たい！　早く！」と文句を言いながら、彼女の声はワクワクに満ちていた。その後に「有斗も！」と言われ、俺も持つことに。店員さんに見られるのが、ちょっとだけ恥ずかしい。

「よし、では撮影も終わったところで……バトル開始！　いただきます！」

「いただきます！　私生クリームから攻める！」

取り皿もついてきたけど、崩してお皿に載せるなんてもったいない。互いにスプーンで上から掬い、そのまま口に運んでいく。クリームに飽きたら、中を掘っていってアイスやフルーツを楽しむ。カラフルなダンジョンを、協力して攻略していった。

「口の中が甘いー！」

「おい千鈴、いちごばっかり食べるな！　酸味は貴重なんだぞ！」

「しばらく有斗はクリーム担当ね、私はコーンフレーク担当」

「なんで甘くないのばっかり担当するんだよ！」

大騒ぎして、大笑いする。週末のお昼も、千鈴と一緒ならイベントに変わる。

「いいの買えたか？」

「うん、満足！」

最後の方はお互い「なんでこんな目に……」と愚痴をこぼしながらパフェを攻略した後は、近くのビルに入ってウィンドウショッピング。普段歩くことのない、レディースのフロアを一緒に見て回った。ひそかに憧れていた試着室の「これどう？」もやってもらったけど、正直女子のファッションはよく分からなくて、「似合うよ」しか言えなかった。でも、本当に似合ってたんだから仕方ない。

「さてと、次はどうするかな……」

時間は十五時半。池袋には幾らでも店があるから、お茶してもいいし、雑貨の店や本屋を何軒かはしごすることもできる。

「あ、ねえ、せっかくだからあそこ！」

「…………え？」

千鈴が指差した先にあったのは、チェーンのカラオケ店だった。

「いや、でも、その……」

普通に歌えるのか、喉に負担かかるんじゃないか、悪化しないのか。色んなことが頭を巡ってしどろもどろになってしまう。

「大丈夫だよ」

彼女は、俺を諭すような口調になる。強めの風が吹いて、帽子のファーの毛先が細かく揺れた。

「無理はしない。それに……年明けたらどのみち歌えなくなっちゃうから」

「……じゃあ入るか！」

「ん！」

俺も千鈴も、駆け足で入口に入っていく。

結末の分かりきった、後戻りできない筋書き。それを蒸し返してしんみりしないようにデートらしく過ごそうという暗黙の了解が、俺達に明るさを取り戻させた。

「じゃあ私からいきます！」

「お、広橋カナデじゃん。キー高っ」

「へっへっへ、歌だと声変わるんだよ～」

ハイトーンで、それでいて透き通った彼女の声を聞く。次の曲なんか選ばずに、歌っている彼女を目に焼き付け、その声を耳に閉じ込める。

あと何回見られるかとか、そんな悲観的なものじゃない。ただただ、綺麗だな、好きだな、という無垢な想いで、俺の頭の中に彼女を録画していった。

「よし、次は有斗！」

「じゃあ……これ！」

「あ、いいね、Ｒｏｂｏｔ Ｌｉｍｉｔｅｄだ！」

二番でもう一本のマイクを渡して一緒に歌う。一曲終わるたびに、帰りたくない気持ちが雪のように積もり、堪らず三十分延長したのだった。


「はー、楽しかった！」

帰りの電車に揺られながら、千鈴は吊革を支えに満足そうに伸びをした。十八時を過ぎ、車内は帰る人で混み合っている。「今日は友達と遊ぶので遅くなる」と家に伝えてあるので、彼女を送って帰ることにした。

「千鈴の家の方、結構混むんだな。うちは休日のこの時間なら絶対座れる」

「住宅街だし、路線が一本しかないからねー」

彼女と俺の家は電車で一時間弱離れているから、簡単に会える距離じゃない。多くの生徒が自転車で通学しているという高校の話を聞くと、今は羨ましくもなる。

「ここで降りまーす」

彼女に案内され、学芸大学駅で下車する。改札を出ると、すぐ目の前にスーパーが出迎えてくれた。

ここが千鈴が住んでる街か。兄弟はいないと聞いているから、ここで家族三人で暮らし……あれ、ちょっと待って。気軽に「送るよ」なんて言ったけど、両親が生活してるってことだよね？　まずい、見つかったらどうしよう……なんて挨拶すればいいんだ？　千鈴とはどういう関係だって説明する？　彼氏って言っていいのか？　友達にする？　いや、帰りに送ってるのに、さすがに無理があるか……？

「どしたの、有斗？　怖い顔してる」

覗き込んできた千鈴に、苦笑いで唇を掻きながら答える。

「いや……千鈴のお父さんやお母さんと鉢合わせしたら気まずいなって……」

一瞬きょとんとした彼女は、ブッと勢いよく吹きだした。

「有斗、心配性だなあ！　ないない、土曜のこの時間なら家にいるよ」

心配しないで、と言って彼女は俺の左手を摑む。手のひらの体温を確かめ合うようにお互い擦ったあと、簡単に離れないよう指を絡めた。

「もう少ししたら冬だねー」

長く息を吐く千鈴。寒すぎもせず、息も白くならない、まだまだ秋の真ん中、でも、彼女にとっては今年の秋や冬は短すぎるのかもしれない。街灯のない通りで見上げる雲のない空、アンドロメダだけがやけにくっきりと見えた。

「ここのコンビニにいる店員さん、めちゃくちゃせっかちでさ。買ったものすっごい勢いで袋に入れるんだよ。だからサンドイッチとか買うと軽くつぶれてるの！」

「一人でタイムトライアルでもしてるのかな」

くだらない話が楽しいし、寒くないし、このままずっと一緒に歩いてたいけど、そうもいかない。

「ねえ、有斗。家の前まで来てくれるの？」

「え？　あ？　うん、そのつもりだけど」

すると彼女は、近くの人気のない公園を指差した。

「ありがと。もうすぐ家だからさ。今のうちに挨拶しよ」

「ん」

ザッザッと砂を蹴って、公園の中に入った。月の柔らかい明かりと街灯に照らされ、遊具が俺達を見守るように静かに眠っている。彼女と別れるのが名残惜しくて、包み込むように抱きしめた。

「有斗、今日はありがとね。また行こ？」

「もちろん」

彼女のおでこに顔を載せる。半径三十センチの、ぬくもりがぶつかる距離の会話。

「千鈴」

「……ふふっ、有斗」

用もないのに名前を呼んで、意味もないのに呼び返される。それは、世界で一番幸福な点呼。

そして喋るのもまどろっこしくなって、別に言葉なんて要らなくなって、キスで伝える。

「それじゃ、行こっか」

公園を出て、手を繋がずに少し歩き始めた、まさにそのタイミングで、一台の自転車が止まった。

「あら、千鈴」

「お、母さん！」

「あ、え、ちょっ」

動揺した千鈴が素っ頓狂な声を出し、俺は言葉にならない叫びをあげる。自転車から降りた千鈴のお母さんは、買い物帰りなのかカゴにエコバッグを載せていた。パーマを当てた黒髪を後ろで縛り、厚手のシャツに長めのスカートという格好の彼女は、頬がこけていたものの目元や鼻の形は千鈴によく似ていた。

あ、危なかった……もう少しタイミングがズレてたら、公園でハグしているのを見られるところだった……

いや、そんなこと考えている場合じゃない。ちゃんと挨拶しないと。さっきは「友達で通るか？」なんて思ってたけど、やっぱりきちんと言おう。

「こ、こんばんは。千鈴さんとお付き合いしています、北沢有斗です。よろしくお願いします」

　姿勢を正して一礼すると、お母さんは俺よりも深々と頭を下げたので、少し戸惑ってしまった。

「千鈴がいつもお世話になってます。本当に……ありがとうございます」

「いえ、そんな、俺は――」

「ちょっとお母さん、大げさ過ぎだって！」

　どう答えようか迷っていた俺の返事を千鈴が遮る。それは、俺にも自分の母親にも気を遣っているようだった。

「北沢君、千鈴のこと、色々遊びに連れて行ってあげてね」

「もう、お母さんってば！」

　二人のやりとりを聞きながら、つい千鈴のお母さんの気持ちになってしまう。

　自分の子どもの声が無くなるというのは、どれだけ辛（つら）いのだろう。当たり前にあったものが当たり前でなくなってしまう。自分の父母に置き換えて想像するだけで心に穴が空きそうになるほど寂しいのだ。子どもともなれば、その寂寥（せきりょう）感は何倍も大きいのだと思う。

「有斗、じゃあここで。またね」

「おう、またな」

こうして、初めての動画を撮らないデートは終わった。最後に少しだけしんみりしたけど、千鈴と一緒にいる間はずっと楽しかった。帰り道も、家に帰ってからも、あれこれ思い返して自然と顔が綻(ほころ)んでしまう。

俺達なら何の問題もない。この先に千鈴のちょっとした困難があっても関係なく、乗り越えていける。

そう、思っていた。

「千鈴、行こうぜ」

「あ、うん」

教室で彼女に呼びかけると、途端に他の女子が「わっ」と小さな叫び声をあげて質問攻めにしてくる。

「どこ行くの？　何時まで一緒？」

「まさか泊まり？」

「えっ、北沢君、泊まりなの！」

「そんなわけないだろ……」

呆（あき）れてツッコミを入れつつも、こうして普通に教室で千鈴に話すことができるのも悪くはない、と少しだけ嬉（うれ）しくなりながら、駅へ向かった。

クラスメイトには秘密にしていたはずなのに、気が付けば俺と千鈴の関係は公然のものになっていた。三橋からも「やっぱり付き合ってたんだ！　早く言ってよ！」と背中を叩（たた）かれながら軽く怒られ、男子の友人グループからも「抜けがけ、許さない」と本気で怒られ、女子からはワイドショーのごとく色々訊（き）かれる。

俺は話してないので不思議に思っていたところ、千鈴が「最近なんか怪しい」と訝（いぶか）しんだ友達に質問されまくり、白状したらしい。内緒の関係っていいよね、と言っていたものの、今は彼女も「教室で自由にできていいね！」と上機嫌だ。

「渋谷って近いよね。そういえばこの前、駅前で行ってみたいカフェ見つけたの」

「おっ、いいね。今度行ってみよう」

線路のカーブに揺られながら、千鈴がカフェのサイトを見せてくれる。彼女の病気のことや動画のことは秘密にしたままなので、今日の行き先もクラスメイトにはボカしていた。

カフェの話がひと段落したところで電車がホームに到着したので、俺はカメラや三脚のせいでいつもより重さ三割増しのリュックをグッと背負い直し、改札を抜けてレンタルスペースへ向かう。

「結構久々に来たね、こっちの方」

「初め二回の撮影はここだったもんな」

渋谷のバスケットボールストリートや道玄坂(どうげんざか)の反対側、オフィスビルやマンションの多い宮益坂(みやますざか)へ。道をしっかりと覚えていたので、大きな通りを一本外れた目的地まで迷わずに行けた。部屋に入ってすぐ、「私も慣れてきた！」と自信満々で三脚を組み立てる千鈴と一緒に、手早く撮影の準備を進めていく。

もうすぐ月が変わる十月末、街の木々は徐々に紅葉の準備を始めている。一方で気温もぐんぐん下がっていき、道行く人も気がつけば秋を通り越して少しずつ冬の装いを始めていた。

今月投稿した、テレビやタブレットでの観劇に合うお菓子を探すという企画は、再生数が三百を超えてこれまでの動画の中でも一番好評だったし、千鈴もかなり楽しかったらしいので、「合う飲み物を探そう」というテーマで続編を作ることにした。千鈴とは先週も本屋デートに行き、二人の仲も深まった気がするし、本当に色々なことが順調に進んでいる。

「よし、有斗、入ってきていいよ！」

着替えを終えたらしい千鈴に呼ばれ、キッチンからリビングへ入った。アイボリーのスウェットに、それより薄いベージュのグレンチェックのパンツ。家での観劇をテーマにしてるからか、かなり部屋着感が強い服装で、彼女自身も随分リラックスしていた。

「あとは後ろを飾って、と」

「あ、壁紙ね」

以前も使った花柄の小さい壁紙を、画角に入る壁の部分に貼っていく。ちょっとした工夫でも映像は変わるもので、ファインダーの中に映る部屋は随分オシャレになっていた。

飲み物を飲むときはテーブルを使うけど、挨拶は全身を映した方がいいので椅子に座った真正面からカメラを向ける。

「じゃあ有斗、よろしくね。可愛く撮ってね」

「それはカメラに頼んでくれ」

軽口を叩きながら、「五秒前！　四、三……」とカウントを入れる。右手の指を全部折りたたむと、彼女はタブレットを片手に、いつもの明るいトーンで話し始めた。

「はい皆さん、こんにちは。お芝居、楽しんでますか？　演劇ガールです！　この前アップした『家でお芝居を観るときにはどんなお菓子が良いのかな？』が好評だったので、今回は飲み物編をやってみたいと思います。まあお菓子と違って音が出るとか手が汚れるとかはないんですけど、ペットボトルとか紙パックとか瓶とか、形の違うものを用意してるんで、意外と差がでるかな、なんて思ってます」

言いながら、彼女は椅子の下に置いていたペットボトルの炭酸と紙パックの紅茶を胸の前に当てて見せた。

「まずは今日タブレットで観るお芝居の紹介ですね。今回は演劇集団タロットの『キック・ミー』です。私を蹴(け)って、って意味なんですけど、自分ではうまく言いたいことが言えないヒロインが、突然現れた生き別れの兄を名乗る男性に煽(あお)られて、どんどん本当の自分を出していくって作品で……」

オープニングトークから流れるように本編へ進む。今日は勢いもあるので、何も区切らずにそのまま撮影を続けた。これだけ喋(しゃべ)れれば、多少トチってもネタにしてそのまま使える。いつも喋ることをノートに書いて練習している成果なのだろう。

「では、飲み物を試す前に、この劇の一番好きな台詞(せりふ)をやってみたいと思います。生き別れの兄が言う台詞なんですけど、これは途中の間がすっごく難しいので何回か練習しました」

そして椅子から立ち上がり、体全体を斜めにした。実際のシーンと同じ立ち位置なんだろう。

『自分の期待値なんて下げた方がいいって思っただろ？　でも、それがずっと続くとダメなんだよ。最大値が下がっちまうんだ』

その最後の『だ』を言い終わるか終わらないかのときだった。

「ぐふっ、ぐふっ！」

千鈴が咽（むせ）る。カメラに「ちょっとタイム」とばかりにパーにした手を見せ、咳（せき）を繰り返した。

「大丈夫か、千鈴」

「うん、平気。ちょっとね」

ハンカチで口を押さえながら彼女は苦笑いする。残念だけど今のはNGになったので、すぐにもう一度撮り直した。

「さっきはごめんね、有斗」

「いや、問題ないよ。じゃあジュース飲んでいくぞ」

いよいよタブレットでお芝居を見ながら飲み物を飲み比べてみる。机の前に場所を移動して、カバーをパタパタと折って斜めに立てかけたタブレットと数種類のジュースを並べた状態で、彼女は目を見開いて話を始めた。

「それでは早速、ペットボトルの炭酸『ストロングソーダ・梅』から試してみたいと思います！」

プシュッとペットボトルのフタを開け、どこか怖がるように、彼女はペットボトルをゆっくりと傾けていく。

しかし。

「……んふっ、ぐふっ！」

彼女はまた激しく咽る。こっちを見ないまま、手のひらでストップを伝えてくる。

「いやいや、そんなにNGシーン作らなくても――」

冗談を言いかけ、そこで言葉を止める。一つの疑問が、頭を掠めた。

おかしい。これまで撮影しているときにこんなに咳込んだことはなかった。炭酸が強くて咽た？　あんなにゆっくり飲んでたのに？　そもそもなんであんなにおそるおそる飲んでたんだ？　それに、仮に今のは炭酸が原因だったとしても、さっきのお芝居の再現のときに咽たのは説明がつかない。別に理由があるはずだ。

炭酸のせいではないとしたら。風邪？　体調が悪い？　いや、ひょっとしたら体調じゃなくて……

曖昧だったネガティブな仮説が、次第に輪郭を帯びていく。

「喉、悪くなってるのか」

俺の問いに、彼女は微かに笑って、小さく首を縦に振る。その表情には、辛さを吐き出すSOSではなく、「やっぱり隠せないよね」という諦めのような想いが込められていた。

「なんか、喉が痛くてさ」

撮影を一旦中断して、余っている椅子を持ってきて机で千鈴と向かい合う。気楽なトーンで話す彼女の「痛い」はしかし、軽いものではなさそうだった。

「台詞言ってたときもちょっと違和感あって咽ちゃったんだけどさ。なんか、普段から喉の奥がウッてなることが増えてて。今飲んだ炭酸も結構刺激が強くて、痛くなってゲホゲホしちゃった。我慢しようと思ったんだけど」

「別に我慢するところじゃないって」

ツッコミのように返事をしたものの、内心とてもザワザワしていた。炭酸が痛いと感じたことなんか、俺は今まで一度もない。彼女がどれだけ悪化しているのか、この症状は治るのか、想像がつかずに不安だけが風船のように膨らんでいく。

「とりあえずアレを……」

気持ちを切り替えるようにフッと短く息を吐いた彼女は、机に置いていたバッグからアクアカラーの小さなケースを取り出した。大きさも形状も小型のメジャーのようなそのケースの、フタになっている部分をパカリと開けると、開けた部分に口を付け、息を吸い込む。ケースの色は違うけど、中学の時に気管支が弱いクラスメイトが使っていたのと同じ、吸入するタイプの粉末薬だった。

その姿を見て、ぞわりと鳥肌が立つ。心の一部がぐにゃりと凹んだ気になる。「千鈴の具合が悪いこと」を真正面から理解してしまったから。

千鈴はあまりにも日々変わらず元気で、九月末から見た目には何の変化もなくて。だからこそ、こうして彼女が病んでいる姿を見ると、大きすぎるギャップに脆くも動揺してしまう。

「なあ、大丈夫か？　今日は撮影やめても――」

「やめないよ」

全部言い終わる前に、彼女はこっちを向き、俺の提案を打ち消す。その黒々とした瞳は、強い覚悟を宿していた。

「痛みには波があるから、もう少ししたら治まると思う。そしたら有斗、もう一回撮ってよ」

「別にそこまでしないでもいいんだぞ？　また時間なら作るからさ」

「それじゃイヤなの」

そう言って、千鈴は撫でるように右手で自分の頭を押さえた。

「ワガママだって分かってるんだけどね。もともと時間作れる日が週に二日あったとしてさ、あと何本撮れるんだろうって考えるようになったんだ。一回パスしたら、それだけ撮れる本数が減っちゃうんだよね。だから、今できるなら、今やりたいなって。

ほら、さっきも台詞で言ったじゃない？『これくらいしかできないだろう』って自分の期待値を下げちゃうと、きっと最大値も下がっちゃうから」

企画やトークについてまとめているノートを机に出して開き、ゆっくりページを捲る。俺にもやや見えるような位置に置かれていたのに気づいたのか、不意に彼女は「ふふっ、恥ずかしいから見ないで」と、そのノートを持ち上げて胸元に引き寄せた。

「強いんだな、ホントに」

「私が？」

全く予想外のことを言われたのか、驚いたように眉を上げている。

「クラスでもいっつも明るいしさ。みんな千鈴が病気なんて絶対に気付いてないと思う。こんなに大変なのに、落ち込んだりしないで振る舞えるのはすごいよ。それに動画のことだって、こうやって『残したい』って決意してちゃんと続けられるの、千鈴はすごく強い人なんだなって思う」

「……そんなことないよ」

千鈴はぽつりとそう呟いた後、俺の言葉と自分の返事を咀嚼するように、小さく何度も頷く。

俺はさっきのノートにちらと見えた彼女の殴り書きを思い出していた。話す内容らしきものをまとめた横に、罫線を無視して斜めに「喉のケア」と書かれていた。あの文字を見たとき、どうしようもなく胸がギュッと締め付けられたのだ。

あんな風にノートに書いてまで動画を頑張っている彼女が、なぜ自分が強くないと思うのか。話を聞きたかったけど、それ以上踏み込まれたくなさそうな表情をしていたので押し黙った。いつか理由を教えてもらいたい。もっと彼女のことを知りたい、そしてできるなら彼女の力になりたいという想いが心の中でぐるぐると渦を巻く。

「どうしてもって言うなら動画撮影も編集もやるけどさ。でも、もともと千鈴が言ってた『声を残したい』って意味ではもう結構投稿したし、喉に大きな負担かけるようなことはさせられないから。絶対無理はするなよ」

「ん、分かってる。ありがと」

座ったまま頭を下げた後、彼女はポケットからのど飴(あめ)を取り出して口に入れた。時折「あ、あ」と小さく声を出して、喉の状態を見ている。

それを見て俺は、彼女が、季南千鈴が、近いうちに本当に声を失ってしまうのだと、否応(いやおう)なく理解させられた。

「ふう……」

十一月一日、金曜日の十二時過ぎ。一階の中庭にあるベンチに座って、花のない雑草の景色だけを視界に入れながら嘆息する。昼休みは始まったばかりで、生徒はほとんどいない。教室でお昼を食べているのだろう。千鈴も、女子の友達と一緒に食べていたな。

この前、薬を吸入していた千鈴のことを思い出す。想像が悪い方にばかり転んでしまい、リラックスするためにご飯の前にここにやってきた。

「よっ、アルト」

「慶、どした？」

「ん、渡り廊下で下眺めてたら見えたからさ」

声をかけてきた慶が、隣のベンチに腰掛けて、グッと伸びをした。

「そうだ、中三のときにクラス一緒だった淳史（あつし）さ、来年の春に関西の方に引っ越すらしいぞ」

「マジか。送別会しないとな」

「誰かに幹事お願いしよう」

俺がぽつんとここにいることを心配して来てくれたに違いない。様子を窺（うかが）うように、雑談を投げかける。

「季南さんのユーチューブ投稿、順調？」

「ん、まあな」

「そっか、良かった」

今この話題を深掘りする気にはなれなくて、適当にはぐらかして、「あ、そういえば聞いたぞ」と続ける。

「慶も二組の山辺さんと放課後一緒にいたらしいじゃん」

「山辺のこと、知ってるのか」

一年のときに同じクラスだったと教えると、慶はゆっくり首を横に振った。

「ちょっとファミレスで相談乗っただけだよ。山辺さんのところ、お父さん病気で入院してて大変みたいでさ。ほら、うちも父親入院したことあったから、それでな」

「病気……」

あまりにもピッタリすぎるタイミングで出てきた単語を、思わず繰り返してしまった。俺の反応に、慶は目を見開いて顔を覗き込む。俺が病気だと勘違いされたのではないか、と瞬間的にパニックになってしまい、慌てて手を大げさに振り、「いや、俺じゃなくて！」と結果的に墓穴を掘ってしまう。

「アルト、俺じゃないってどういうことだ……？」

「いや、その……友達から聞いた話で！」

これ以上、この話をごまかし切るのは難しいので、友達の話で押し通す。頭のキレるヤツだけど、どうかバレませんように。

「友達の大事な人が病気でさ。命に関わるものじゃないけど、その大事な人が不安がってて……友達が、相手にどうやって接したらいいかって困ってるんだよね」

かなり無理のある話、信じてもらえないかもしれない。

緊張で心音が大きくなる。唾を飲む音が喉の奥から聞こえる。

「……なるほどね」

そこまで聞いた慶は、シルバーのメガネを両手で外して、空に書いた自分の考えを読むかのように上を見上げる。

「俺だったらどうするかなあ……。相手と一緒に暗くなっても多分良いことないし、かと言ってひたすら励まし続けるのも、相手がしんどくなっちゃうかもしれないしな。だから……そばにいるかな」

「そばにいる？　それだけ？」

あまりにも単純な答えに訊き返すと、彼は「そう」と頷きながら短い前髪をサッと撫でた。

「前にいて導いたり引っ張ったりするんじゃないよ？　マラソンとか駅伝の監督に近いのかな。走ってる人の横にいて、『その調子だ』って褒めたり、ペース落ちてきたら『無理しなくていいよ』って励ましたり。そうやって、伴走してあげるのがいいんじゃないかなって思う」

「なるほどな」

前で案内するわけでもなく、後ろからひっそり支えるわけでもなく、横にいてあげる。確かに、それが千鈴との理想の関係かもしれない。

「ありがとな。うん、俺もそれが良い気がする。友達に伝えとくよ。よし、お昼食べてくるかな」

「解決したなら良かった。俺も教室戻るよ」

立ち上がった俺に、彼は「そうだ、アルト」と声をかけた。

「ん？　どした」

「その友達に伝えてくれよ。困ったらまたここで話聞くよ、って」

思わず顔が強張(こわば)り、その後苦笑いしてしまう。やっぱり、慶のことは騙(だま)せない。でも、それでもこうしてちゃんと話に乗ってくれたことが、本当に嬉(うれ)しかった。

「おう、伝えておくよ。多分、喜ぶと思う」

「それなら何より」

俺に背を向けて手をヒラヒラさせながら、慶は中庭から渡り廊下に行き、教室のある南校舎に向かって歩いていった。

◇　◇　◇

「んっと、ああいうのは何のコーナーにあるんだ」

本棚をゆっくりと巡りながら独り言。司書さんがいるカウンターには木製の小さな立方体を組み合わせるタイプのカレンダーで、「十一月二日土曜　返却　十一月十六日」と表示されている。

いつも借りたい本は高校の図書室で借りるし、ちょっと雑談が聞こえた方が捗るタイプで勉強も家やファミレスでやるから、図書館に来ることはあまりない。今日は彼女の病気に関係する本を探しに来ていた。

慶からアドバイスを貰ったように千鈴と並んでそばにいるためには、病気を不安がるだけじゃなくて、俺自身もきちんと向き合う必要がある。

千鈴から聞いた話をもとにネットで調べてみたけど、同じような症状の病気はやっぱり喉頭ガンしか出てこなかった。彼女の言う通り、本当に珍しい難病なんだろう。であれば、治療法は調べられないし、病院と医者に任せるしかない。「これを食べれば治る」なんていう民間療法のサイトも幾つか見つけたけど、なんだか胡散臭くて勧められなかった。

とすれば、俺にできるのは、彼女が声を失くした後の話だ。喋れなくなった人がどんな風にコミュニケーションを取れるのか。それが分かれば、彼女も少し安心するかもしれない。おそらく介護・福祉の書棚に行けば、探しているものに近い書籍があるんじゃないだろうか。

「……あった！」

障がい、というカテゴリーの棚を見つける。千鈴が障がいなんて、と考えると複雑な気分になった。

まずは手話の本。なるほど、耳の聞こえない人のためのもの、というイメージが強かったけど、確かに話せない人にとっても手で喋れるのは便利かもしれない。

次に見つけたのは、筆談。書き方のポイントや冗長にならないための言葉の置き換え、筆談するのに便利な文房具やアプリ。スムーズに会話するためには、幾つかコツがあるみたいだ。

「他には……ん？」

指を水平に動かしてタイトルを確認しながら棚を上から順に見ていくと、「この一冊で丸わかり！　食道発声法」という本が目に留まった。ザッと見ただけだと仕組みはよく分からないけど、要は体の器官である食道の一部を利用して話せるようになる、ということらしい。

うん、いいな。これだけあれば、千鈴も喜んでくれるだろうか。たとえ声を失くしても、クラスメイトとも家族とも、もちろん俺とも、ちゃんとコミュニケーションが取れる。その希望があれば、彼女も今よりもっと前を向けるかもしれない。

俺は意気揚々と本を両手で抱え、自動貸し出し機に向かって足早に歩いて行った。

「さて、千鈴！」

自信に満ちた声で彼女の名前を呼んだのは、土曜に本を借りてから四日経った、六日水曜だった。前回と同じように、たまに咳込んで休憩を取りながら、演劇ガールの九本目の撮影を終えた直後。もっと短い時間で終わることは分かっていたけど、敢えて二時間予約したレンタルスペースで、彼女は何の用か分からず、ポカンとしてこっちを見ている。

十一月も、来週にはもう中旬に差し掛かろうとしている。ＳＮＳからはハロウィーンの投稿がすっかり消え、クリスマスの話題も出始めた中で、いつの間にか彼女と動画を作り始めてから一ヶ月半が経っていた。

「どしたの、有斗？」

返事の代わりに、俺はリングファイルを出した。中を開くと、色鮮やかに彩られたルーズリーフが出迎える。時間に余裕をもって少し長めに予約しておいて良かった。ゆっくり説明できる。

「千鈴の話聞いてさ、ちょっと考えたんだよね。声が出なくなった後にどうするかって。一応俺なりに、手話とか筆談とか調べてみたんだ。あと食道発声法も！」

千鈴に話す暇も与えず、ページを捲る。カラーコピーした本の一ページ、普段の授業より真剣にまとめたノート、ポイントが分かるように貼ったシール。日月火と時間を使ってまとめた、俺の力作だった。

「な、どれか一種類じゃなくてもさ、こういうのを幾つか組み合わせていけば、みんなともコミュニケーション取れるんじゃないかな。筆談って簡単だと思ってたけど、結構コツがあるんだな。俺初めて知ったよ」

「……ありがと」

彼女は一言、ポツリとお礼を呟く。その言い方はしかし、心からの感謝ではなく、無下に否定することをためらうような、気遣いのトーンだった。

「でも、うん、この辺りは、いいかな」

「……ま、そうだよな。お医者さんとかにも言われてると思うし」

彼女の反応に、少しだけドライに返した。

自分で自分を俯瞰で見て、「嫌な返事してるな」と思う。こうなる可能性もあると分かっていたけど、日曜から頑張って作ったものが受け入れてもらえないのは、やっぱり苛立ちが募る。

真顔でそんなことを考えていた俺に、彼女はゆっくりと頭を下げる。

「それもそうなんだけど……ごめんね、有斗。多分、ちょっと違ってて」

「違うって？」

ぶっきらぼうに訊いてしまう。すぐには穏やかな口調に戻せなくて、自分で自分が嫌になる。

「手術の後も、やりとりは出来るよ、きっと。それこそ筆談で、ノートに字を書いたっていいんだし。でもね、そうじゃないの。声がなくなるのが怖いの」

その言葉に、俺は思考が固まる。俺が言っていたことと同じじゃないか、と感じて数秒後、とんでもない思い違いをしていることに気付いて「あ……」と弱々しい声を出した。

「今の自分の声がなくなるのが怖いの、すごく怖いの。出なくなるのが、声が出せなくなるのが、怖いの」

寒さを我慢するかのように両腕で自分を包み、千鈴は口を開いた。怖い怖いと同じ単語を繰り返すその姿は、さながら動画編集で一つのシーンを切り取って、繰り返し再生したかのよう。冷静でないことは、俺にもすぐ分かった。

「もう自分の声が出せない。今こうやって話してる声が消えちゃうの。誰にも届かない、自分の耳でも聴けない。食道発声も調べたよ。でも、『こういう方法で音が出る』ってだけだった。今の私の声じゃない。だから、どうやったってもう、どうにもならないんだなって」

「ごめん！　ごめんな、千鈴！」

座っていた椅子を倒すように勢いよく立ち上がり、誠心誠意頭を下げる。わざとらしくなければ、土下座してもいいと思ったくらいだった。

俺はバカだ。手話だの筆談だの、勝手に解決法を見つけた気になって、「これで喜んでくれるに違いない」なんて期待を押し付けて、悦に入ってノートをまとめて。

医者じゃないから、なんて考えて自分にできることを探した結果、千鈴の感じている不安と悲しみを見誤った。こんなこと、彼女の立場になって想像してみたらすぐに分かったはずなのに。

コミュニケーションなんか幾らでも取れる。友人なら、指を差すだけで伝わることだってある。大事なのはそんなことじゃない。

日々話している、誰かに伝えようとしている、ふと歌っている、大好きなお芝居をしている、その声を失うことが何より怖いのに、俺はそれを埋める方法ばかり考えていた。

「ねえ、有斗。ちょっと前に私のこと、強いって言ってくれたよね？」

「ん、ああ」

「あれさ、ちょっと嬉しかったんだよね。そう見えてるなら、私が周りにはちゃんと気を遣えてるってことなのかなって。本当は、私はそんなに強くないから」

椅子に座り直した俺に、彼女は微笑みかける。でもそれは、今まで見た中で一番悲しい笑顔だった。

「いっつもね、怯えてるんだよ。喋れなくなる夢もよく見る。体は弱ってないし、頭はまともに働いてるから、手術の日に向かってカウントダウンを進めてるみたいに生きてる。全然強くないんだ」

「そっか……」

相槌を打つことしかできない。それでも、彼女の吐き出す濁った想いを、受け止めたい。

「余命僅かな高校生の小説とか幾つか読んだけどさ、みんなすごいね、病気のことなんか全く表に出さないで、気丈に振る舞ってて。私はああはなれないんだ」

饒舌に、彼女は続けた。演劇ガールで大好きな台詞を口にしているときより流暢で、でもあれよりずっとずっと暗い、端々に鉛の球が付いているかのような言葉。

「前にさ、私のノート見たでしょ？　あの時に、私が殴り書きしてたの見えた？」

「ああ。喉のケア、って書いてあった」

彼女は頷いて、僅かばかり咳込んだ。

「あれね、わざと見せたんだ。有斗に知っててほしくてさ。みんなに秘密にしてるから、世界中で親の他に一人くらい、私がこんなにしんどい思いしてるって分かってほしくて。だからわざと見えるように開いたの」

そうだったのか。だからあのとき、ノートを少し俺寄りに置いてたのか。

「……幻滅した？　季南千鈴はこんなヤツだよ」

「…………しないよ」

絞り出すように、胸の中で泳いでいた小さな本音を返す。彼女の話を聞いて少しだけ嬉しくなった、と言ったら彼女は怒るだろうか。ちゃんと怖がっている普通の女子だったと分かったこと、そしてその弱さを俺にだけ見せてくれたことで、心がじんわりと熱を持つ。そして、彼女の心の中が覗けたからこそ、途方もない切なさが溢れてくる。

「他の人ならいいのに、って思っちゃうんだよ、私。なんで私なんだろうって。もっといるじゃん、そのくらいの罰が当たっても仕方がない人。私はそこまでひどいこと、してないはずなのになあ」

こっちに一瞥もくれないまま愚痴のような呟きを吐き捨て、大きく溜息をつく。

ほら、こういう時は彼氏の出番だ。漫画でもドラマでもよく見るだろ？　こうやって落ち込んでいる、ヤケになっている彼女に、救いの言葉をかけてあげるんだ。彼女が元気を取り戻せるような、奮起しそうな言葉を。

違うって、そうじゃないんだよ、違うんだよ。彼氏なんだからちゃんとしろよ。

「ごめんね有斗。なんか、有斗の前では良い子やらなくてもいいなあって思――」

久しぶりにこっちに視線を向けた千鈴の顔が、みるみるうちに固まっていく。

ほら見ろ、お前のせいだぞ。

お前が泣いたりしてるから。

「俺も、一緒だから……俺も、他の人ならいいのにって、思ってるから。だから……イヤなヤツは千鈴だけじゃないよ」

ポケットを漁るけどハンカチなんか入ってなくて、ブレザーの袖で目元を拭う。随分とカッコ悪い、だけどそんな理由では涙は止まってくれそうにない。

「ごめんね、有斗。私が変な言い方したから、悲しい想いさせちゃって」

「そんなんじゃなくて！」

思わず叫んだ。今の俺に、ぐしゃぐしゃな心を隠す余裕はない。

「誤解しててごめんな、って。あと、強いなんて褒めてごめんな。千鈴、別に強くなくていい、今の千鈴のままでいいよ」

千鈴は黙って首を横に振る。そんな曇った表情、させたくなかったのに。

「反省ばっかりだよ。今までも、もっとちゃんと話聞いてあげれば良かった。あとは……もう少し早く付き合ってれば、これまでにもっとたくさん話聞けたのになって」

ネットを調べたとき、同じような悩みが書かれた質問箱のページの回答欄に、大人が「みんな多かれ少なかれそういうことはあるから。辛いのは君だけじゃないよ」と励ましていた。違うんだよ、他人と比較して辛さの大小なんか決めなくていいんだよ。本人が本当に辛いと思うなら、「本当に辛い」でいいんだよ。

そして今、千鈴は、本当に辛いんだと思う。

なんで、なんで。千鈴はこんなに明るくて元気で、ずっとお芝居やりたいって夢も持ってるのに、なんでこんなことになるんだよ。ねえ神様、千鈴が何したって言うんだよ。ふざけるなよ。

脳内で振り上げた拳は、俺自身に向けられている。

『もっといるじゃん、そのくらいの罰が当たっても仕方がない人』

千鈴の言う通りだ。いっぱいいる。そして俺も、その一人だと気付かされる。

何人もの他人を不用意に傷つけた。相手が悪いことをしていたのは事実だけど、薪をくべて、煽(あお)って、炎上で裁いた気になっていた。やったことの罪の重さに対して、大きすぎる代償を払った人もいるだろう。匿名の人間を私刑(リンチ)した俺達もまた、誰からも見つからない匿名だったのに。

声がなくなっていいのは俺達みたいなヤツなんだ。千鈴じゃない。

まだ何の覚悟もできてないのに、色んな人への謝罪の気持ちが募って、「代われるものなら代わりたい」なんて言葉ばかりが頭の中を乱雑に巡った。

「……ありがとね。有斗がそうやって思ってくれるの、嬉しいな」

千鈴は、俺の言葉を噛(か)み締めるようにコクコクと頷く。

「強くなくていいよね……そうだよね……わがまま言ってもいいんだよね……」

俺と彼女の視線が交わる。まっすぐ俺を見ていた彼女の目が、瞬(まばた)きする度に赤くなっていく。

「もう一つわがまま言っていいなら……お芝居もっとやりたかったなあ。この声でたくさん台詞言いたかったなあ」

やがてその目に水が溜(た)まり、次の瞬きでポトリと水滴になって頬を伝った。

座ったままの彼女に近づき、グッと抱きしめる。千鈴が痛くても構わないつもりで、きつく腕を寄せる。

「悔しい！　私悔しいよ！　もっとやりたかったのに！」

かけてあげられる言葉が何もない。「一緒に頑張ろう」なんて綺麗（きれい）な台詞はいくつも浮かんだけど、今十分に頑張って生きている彼女には意味のないことだった。

だから、俺ができることは一つだけ。慶からも教えてもらったことだけ。

「千鈴、そばにいるよ。演劇ガールの動画、たくさん撮ろう」

「うん……うん！」

背中に手を回してくれた彼女と、一緒に泣いた。

一秒でも長く、君の声を残す。

世界に届いてほしい。「季南千鈴はこんなに素敵な声をしていたんだよ」と、ユーチューブの片隅から、世界中に響いてほしかった。

第五章　魔法使いの君に

「千鈴、準備できたぞ」

「ん……ありがと」

恵比寿のレンタルスペースで撮影用の椅子とカメラを準備し、彼女に声をかける。

以前使った部屋には白い壁紙に花の写真のポスターが飾ってあったけど、ここはモノクロの空の写真が飾られていた。

千鈴は、撮影のために端に寄せた椅子に座り、クッションのある背もたれに寄りかかって、いつものアクアカラーのケースから粉薬をゆっくりと吸っている。机の上には、大量ののど飴（あめ）のゴミがまとまっていた。

「大丈夫か？」

「うん。聞き取りづらくなったらちゃんと有斗の判断で止めてね」

喉（のど）に優しい常温のお茶のペットボトルを持って、撮影位置につく。

十一月十四日、木曜の放課後。いつも通りの撮影。ただ、九月末に初めて撮った時とは、千鈴の状況はだいぶ変わっている。それも、悪い方に。

調子が悪いと、彼女は時折ガラガラ声になるようになった。ちょっと風邪かな、というくらいの感じだけど、気のせいか教室でぐったりすることも増えていて、クラスメイトから「彼氏、看病してあげて」と茶化されている。

撮影でも、これまで通りカメラを回しっぱなしにしていると、興奮したときや長時間話した時に声がおかしくなってしまうことがある。お互いに分かっている変化なので、千鈴からも「あんまり無理しないように気をつけるよ」と言われ、彼女自身も頻繁に喉のケアをしながら臨んでいた。

「それじゃいくぞ」

「ねえ」

三脚を左手で支えながら録画ボタンを押そうとすると、彼女が遮った。そして写真でも撮るかのように、首と手を動かして幾つかポーズを取り、キメ顔を見せる。

「どう？」

「……可愛いよ」

それを聞いてむふーっと満足げに笑う。白のトレーナーに深緑のロングプリーツスカート。ゆったりの服に似合うリラックスした表情を浮かべ「やろう！」と頷いた。

「五秒前！　四、三……」

指を折りつつ心の中で一までカウントしてから、手でキューのサインを出す。その瞬間、彼女の表情は照明の光を吸いこんだかのようにパッと明るくなった。

「皆さん、こんにちは。お芝居、楽しんでますか？　演劇ガールです！　最近チャンネル登録が五十人になって、すっごく嬉しいです。これからもたくさん、演劇について語っていきますからね！」

動画を見ている人からしたら何も変わらない、いつもの挨拶。でも撮っている俺はつい、「終わり」を意識してしまう。「これからもたくさん」なんて、来年はどうなるんだろう。声が出なくなったら、このチャンネルも終了になるんだろうか。

意識が未来に引っ張られ、今が疎かになっていく。無意識に三脚の持ち手に力を入れて下方向に傾きかけたカメラを、慌てて直した。

「今回は、この前母親と観に行ったお芝居について話そうと思います。パンフレットも買ってきたので……じゃん！　これですね、井川十春さん、花桐信二さん主演の『ようこそ病院城へ』。最近は小さい劇団のお芝居を観ることも多かったんですけど、久しぶりに大御所俳優さんの舞台を観ました。今回はこの作品の魅力をたっぷり語っていきたいと思います！」

思います、のところで、千鈴はカメラに向かってビシッと指を差した。

「オッケー、ここでストップ」

これまでならそのまま語るシーンまで撮影を続けていたけど、結構長く話したので、合図をしてカメラを止める。声も違和感はなかったし、トーク部分はそのまま使えそうだ。

「ちょっと休んで次のシーン撮ろう」

「うん、ありがと。あーあ、休み休み撮るのやだなあ。大好きな作品だったから一気に話したいのに」

「まあガマンしようよ。しんどい思いしながら話しても楽しくないだろうし」

「分かってるけどさあ。ホントは今日、お気に入りの長台詞も言いたかったんだけど、演技がツギハギになるのイヤだから短めのに差し替えたんだよ？」

口を尖らせる彼女は、のど飴を舐めながらマスクをして、ダイニングテーブルのような机に突っ伏すようにして休んだ。深呼吸の音が机に当たって大きく聞こえる。

一月の手術まであと二ヶ月。確実に、彼女は病に蝕まれていた。

二分ほど待ってから、俺はカメラに右手を添えながら左手をパッと挙げる。

「それじゃ続き撮ります！　五秒前……」

「まずは『ようこそ病院城へ』のストーリーですね。井川さん演じる若い研修医が病院に入ってくるところから物語が始まります。花桐さんはその研修医を預かる外科医のリーダー役を演じてます。基本的には、研修医がひたむきに経験を積むシーンや、医師を志したきっかけの回想を交えながら、一人前の医師を目指していくんです。正直言うと、若干ピュアすぎる印象はありました。医療現場のリアルな姿というよりは主人公に寄り添った成長物語っぽくて、序盤は没入しきれなかった部分もあります」

ややや辛口な評価だけど、コメントが細かいし、これまで十本の動画をアップしている彼女なので、信頼感はあるだろう。脳内で編集画面を開くと「ちょっと言い過ぎでは……（笑）」というテロップが浮かんだ。

「結構社会派なテーマも書く脚本家の方だったので、よくドラマでもあるような、病院内の政治とか腐敗みたいな話が、研修医の視点で描かれるのかと思ったんですけど全然違いましたね。でも、でもですよ！　その分、人間ドラマとしての内容が素晴らしかったんです！」

彼女がテンション高く叫んだとき、声の違和感に気付いた。多分彼女も感じたであろうその変化。何か喉に貼りついたものを無理やり出すかの如く、しゃがれている。

「患者に対する治療方針をめぐって先輩医師と口論になったり……んん……『もっと患者のために動きましょうよ！』って叫んだり……んふっ……そのドラマ的な部分が良かったです」

声を整えようと何度か小さく咳払いをしたが、もはやそれで治る様子もなく、声がどんどんガラガラになっていく。彼女がギブアップする前に、俺は「カット」と口にした。

「うー、残念。ノッてたのになあ」

パチンと指を鳴らして惜しがる千鈴。でもすべり台のように斜めに下がった眉を見れば、若干無理して明るく振る舞っていることはよく分かる。

「どうする？　今の部分から撮り直す？」

「ううん、どうせ撮るならストーリーの部分からやり直そうかな。付け加えたいこともあるし」

彼女は「ちょっと休憩するね」と言って、撮影で使わない椅子に座り、吸入器を口に当てがった。

こうして薬を使っている彼女を見るのはとても切ない。その頻度が少しずつ増えていくのを目の当たりにし、どうしようもないと知りつつ、なにかできることはないのか、このまま声が出なくなっていくのを見ているだけなのか、と思いを巡らせてしまう。そんなこと、千鈴本人が一番考えているはずなのに。

いずれクラスでも事情を話すことになるのだろうか。みんなが興味や好奇心の交じった目で見るかも、と想像するだけで、自然と怒りが湧いてくる。

動画の中で病気のことを話してみたらどうか、と千鈴にこの前訊いてみた。もし言えば、彼女がちょっとくらい声が掠れても、誰も気にしなくなる。むしろ応援してくれる人がいるかもしれない。そんな思いで何の気なしに訊いたけど、彼女は「絶対言わないよ！」と即答だった。

「大した本数あげてないけどさ、これまで見てくれてた人もいるわけじゃん。だから、その人達に余計な心配かけたくないし、綺麗な声のまま見せたいなあって思って。それに、それバラしちゃったら『可哀想だから応援しよう』って目で見てくる人もいるかもしれないでしょ？　それはすごくイヤだなって。せっかくたくさんの人にチャンネル登録してもらえるくらいしっかり活動してこれたから、ワガママかもしれないけど、ちゃんと普通の女子高生として見てもらいたいの」

彼女の言葉を思い出しながら、のど飴を舐めつつノートに喋ることをまとめている様子を見つめる。撮影を順調に進められない中で、それでも必死に前に進もうとしている千鈴を、一番近くで支えたいと改めて思った。

「よし！　有斗、撮影しよう！」

「オッケー、じゃあさっきと同じように座って」

もう一度カメラを構える。綺麗な声の、君を映す。

「有斗、ありがと。今回もなんとかアップできたね」

「ああ、テンポも良かったし、編集しやすかったよ。千鈴のトークの為せる業だな」

「続けて喋れたら、もっと上手に話せたのになあ」

編集作業を終えて、彼女が行きたいと教えてくれたカフェの出口のドアをグッと押して千鈴を通す。投稿を終えた日の夜は達成感に包まれているけど、やっぱり彼女は不満そうだった。

「あーあ、こういう時にはストレス発散でめっちゃ辛いラーメンとか食べたくなる」

「今食べたらまた咽るぞ」

「ちぇっ。手術終わったら、んんっ、たくさん食べるんだ」

当たり前のように手を繋いで、空元気の籠る決意を掠れ声で口にする。その時に食べても、それを俺に美味しいと肉声で伝えることはできない。その寂しさに、「楽しみだな」と出かかったその言葉を、喉の奥でもみ消す。

「有斗、ん、またね」

「おう、また学校でな」

改札で手を振って別れる。いつもと同じ挨拶のはずなのに、うまく喋れないもどかしさなのか、千鈴はやや苛立って見えた。

「あー、ダメだ」

ガラガラ声だなあと言いながら、千鈴は集会室でノートをバサッと開いた。両隣の部屋は部活をやっていないので、その音が静寂の中で大きく響く。

「調子戻れ戻れ」

真っ白なページに「戻れ」とシャーペンで書き殴る。この前見た「喉のケア」と同様、罫線を無視して斜めに書かれたその文字は、彼女の心の叫びそのものだった。

短い秋が間もなく終わりを告げそうな、十一月二十日、水曜日。木々の葉は次々と地面に落ち、紅葉を愛でる場所は頭上から足元へと変わった。生徒も教師も街行く人も、厚めのコートを出して間もなく来る冬に備えている。

前回の撮影から一週間、千鈴の容態は相変わらず悪化している。声が掠れる回数も増え、眠れていないのか目にクマができている。

ただ、俺はといえば、その状況に徐々に慣れつつあった。あまり心配すると、逆に彼女も気が立ってしまうかもしれないと思い、こっちからは極力触れないようにしている。

「それで、撮影は明日でいい？」

「あ、ううん、明日は病院あるから金曜日でお願い」

「病院の翌日って……大丈夫なのか？」

そう訊くと、彼女は柔らかく微笑んだ。

「大丈夫だって、有斗。今までと変わらないよ」

「……だな」

そんなことはない。病院を理由に撮影日をズラすなんて、九月にも十月にもなかったし、撮影に休憩が頻繁に入ることだってなかった。

もう俺も彼女も、「今までと変わらない」というのが気休めだと知っていて、それでもその言葉に縋る。変わらないでいられるなら、本当はそう在りたいから。


「じゃあ千鈴、撮るよ。五秒前、四、三……」

「はい、皆さん、こんにちは！　お芝居、楽しんでますか？　演劇ガールです！　寒くなってきましたね、風邪ひいてませんか？　寒いときに演劇の練習すると、手がかじかんで細かい表現ができなかったり……ごめん、ストップ」

目を瞑って、硬い表情で首を振る彼女に、俺は頷きながらボタンを押して録画を止める。眩しいくらいの白い照明に照らされた部屋の外では、このレンタルスペースの予約時間が刻一刻と過ぎていくことを警告するかのように、夕日が赤く燃えていた。

二十二日、金曜の放課後。今日は千鈴が夜に予定があるということで、彼女の家の隣駅、東急東横線の祐天寺駅にあるレンタルスペースで撮影している。だが冒頭の挨拶の時点で、既に喉の奥に何かが詰まったような声になり、いきなりNGとなった。

これまでは話し始めてしばらくは平気だったのに、今日は特に調子が悪いのかもしれない。

「もう一回やるね。ちょっと休む」

吸入器のフタをカチャリと開けて中に入っている粉をグッと吸い込んだ。その後でピルケースから見たことのない錠剤を出し、「薬追加になっちゃった」と言って水と一緒に飲む。制服から着替えた私服は、太ももまであるブラウンのニットセーターに、タイツとムートンブーツで、可愛い格好に薬は不釣り合いだった。

「じゃあもう一回いくぞ。五秒前、四、三……」

「皆さん、こんにちは。お芝居、楽しんでますか？　演劇ガールです。いやあ、寒くなってきましたね。皆さんは風邪とかひいてま……グフッグフッ！」

何も飲んでいないのに突然咽る。カメラを止めようとしたものの、右手でカメラを制す彼女はそのまま喋る気のようなので続行した。

「ね、私が体調悪いんじゃないかって話なんですけどね。寒いときに演劇の練習すると、手がかじかんで細かい表現ができなかったり……んんっ……体が縮こまって動きが小さくなってしまったりして、グフッ、大変だったりします。前に見学に行った私立の高校では部室にエアコンがついてて羨ましくなりました……んっ……では今日は滑舌の練習いってみましょう！」

そこで撮影をストップした。綺麗な声のまま見てもらいたい、と言っていたけど、今回はとうとうそれを諦めたらしい。悔しいだろうけど仕方ない。「いつもの綺麗な声」のテイクを待っていたら、時間がどんどん過ぎてしまう。

千鈴は丸くした右手を口に当てて、しつこい風邪にかかっている人のようにコンコンと咳をしている。そしてアーティストがライブで曲の間に水を飲むような自然さで、再びすぐに薬を吸い込んだ。

「調子悪い設定にしちゃった。これなら多少声掠れても平気だしね。まあホントに調子悪いんだけどさ」

「……あんまり無理するなよ」

自虐を付け足す彼女に、そう返すのが精一杯。冗談として片付けたかったんだろうけど、彼女の顔はニコリともしていなかった。

「じゃあ有斗、続き撮ろう」

「……おう」

こうして、今はもう行っていない演劇部でやっていた早口言葉の紹介に移っていく。体調不良の体で多少の声の違和感はごまかしつつ、あまりにも掠れたり咳がひどかったりした場合にはＮＧにすることにした。そこまでハードルを下げたものの、やはり何回かＮＧが出る。とはいえ、俺から撮り直そうとはなかなか言い出せず、千鈴が心から残念そうな表情で「もう一回やる」と決めることが多かった。

撮り直しになると、彼女は小さな舌打ちと大きな溜息（ためいき）を繰り返しながら休憩する。

この空間に、これまでのような楽しい雰囲気や明るい笑顔はない。「ごめん、ミスった！」「ドンマイ！」なんて弾んだ会話もなく、BGMでも流したいくらいだった。

　動画を投稿することは本来、千鈴が声を残すための手段だった。でも今は違う。彼女はどこか躍起になっていて、動画を出すことそのものが目的になっている。

　思うように進まない撮影。しかも少し前まで、何の問題もなく出来ていた撮影。想定と現実のギャップに不満を募らせる気持ちが、痛いほど伝わってくる。

　そして、説明のシーンで三回目の撮り直しをした時だった。

「なので、この『あいうえお　いうえおあ　うえおあい　えおあいう　おあいうえ』と一文字ずつずらしていく練習は……グフッグフッ！　ガフッグフッ！　滑舌だけじゃなくて発声にも役立つ……ごめん有斗」

　猛烈に咳込んだ後、声を嗄（か）らせたバンドボーカルのようなしゃがれ声になり、吐き捨てるように彼女は謝罪の言葉を口にした。

「カット。千鈴、ちょっと休んでから――」

「もうイヤ！」

　プツンと、千鈴の何かが切れた。壊れたロボットのように「イヤ！　イヤ！」と繰り返す。苛立ちがコップに少しずつ溜まっていたのが、今回のNGでついに溢れ出してしまった、そんな感じだった。

「もう嫌だよ、全然うまくいかない！　毎回撮影も止まってばっかりだし、こんな声じゃ台詞の撮影だってできないじゃん！　時間がないのに！　自分の声なのに！　何にも思うようにならない！」

　ノートをバンバンと机に打ち付ける彼女。よほど悔しいのだろう、目の端に涙が滲んでいる。

「もう時間ないんだよ！　自分の声なのに！　大っ嫌い！」

　俺は必死で頭をフル回転させる。自分の言葉だとうまく想いを伝えられない気がして、引用できそうな漫画や映画の台詞、曲の歌詞を思い出す。良いのがないか探したけど、それでも彼女にかける言葉が見つからない。そもそも発破をかければいいのか、励ませばいいのか、共感すればいいのか。何かちょっとでも間違ったら彼女を傷つけてしまう気がして、うまくまとまらない。「撮るのは今度に延期でもいいよ」なんて優しい言葉も浮かんだものの、余計ムキにさせてしまう気もした。

　せめて、彼女がゆっくり撮影をできるようにしよう。それでも無理なら仕方ない。俺は俺なりに、撮影のサポートをしっかりやらなきゃ。

　机の上にあった連絡先の紙を手に取り、一階の受付に電話をした。

「すみません、三〇五を使っている北沢ですけど、一時間延長して使うことできますか？……はい、帰りに払います、ありがとうございます」

電話を切って、千鈴に「延長できたよ」と報告する。

「空いてたからもう一時間使えるってさ。ゆっくりやろうよ」

しかし、髪を搔きむしっていた彼女は、怒気を宿した目でこちらを見る。

「なに平然としてるの？　こっちに気ばっかり遣って」

落ちかけの夕日が、天から夜を引っ張ってくる。暗くなりつつある部屋で、俺にも入ってはいけないスイッチが入る。

「気も遣うだろ。千鈴の撮影だし、ちゃんと撮れる環境用意するのも俺の役目だ」

「そうやってクールにやられるとちょっとイラっとする。もっと私に注意すればいいじゃん。叫んでも仕方ないだろって」

「叫びたいときだってあるだろ。俺が止める権利ないから」

「その言い方、何？　権利とか関係なくない？」

彼女は、小さく咳をしながら、これまで見せたことのない目つきで俺を睨む。

ほら、ほら。分かっていたのに、自分の言い方が火に油を注いでると知っているのに、抑えることができない。俺の中に知らないうちに積もっていたらしいヘドロのような鬱屈が喉までせり上がって、言葉になるのを止められない。

「……別に延長しただけで、撮れなかったら無理に撮らなくてもいいからさ」

「でも延長しただけでプレッシャーになるじゃん。私喉がこんな調子なのに」

「じゃあ千鈴は延長しない方が良かったのか？　時間切れで撮影終わり？　さっきの状態で『延長した方がいいか？』なんて訊いてもまともに答えられなかっただろ」

それを聞いた彼女は、グッと顔を下に向けた。大好きだった茶色の髪で顔が隠れる。ギリ、と小さな歯ぎしりが聞こえる。

「なんで……そうやって物分かり良いような顔してんのよ。有斗、こっちのことなんか何にも分からないでしょ！」

「……分かるわけねえだろ！」

思いっきり拒絶の言葉を投げつけられ、俺も一気に沸点まで達する。

「そりゃ俺だって分かりたいよ！　でもどうやったって俺と千鈴は違うから、分かりっこない！　俺は大きな病気なんてかかったことないから、千鈴の気持ちなんか理解したくたってしきれないんだよ！」

これ以上ないほどのドライな正論は、彼女の表情を怒りから哀しみに変えた。

「だよね。違うもんね。分からないよね」

彼女は辛い気持ちを吐露しただけで、俺は彼女にとって一番楽な形で寄り添いたかっただけで。でも何かがズレてしまって、どこかで歪んでしまって、簡単には戻れない。この口論もどこかで手打ちにしようとしてるのに、感情はいとも簡単に理屈を飛び越える。

「いいよ、もう。放っておいて」

「……んだよそれ。撮影どうすんだよ」

「この状態で撮影？　仮にちゃんと声が出たとしたって、こんな精神状態でうまくいくはずないじゃん。さっきもたくさん怒鳴ったからどうせ声も出ないだろうし。あーあ、ホントに、なんで私がこんな目に遭うんだろ」

彼女への想いと腹立たしさと、うまく振る舞えない自分自身への嘆きと。数多の感情がない交ぜになって、思考はどんどん後ろ向きになり、彼女の言葉の続きを勝手に想像してしまう。絶対に、千鈴はそんなことは思っていないはずなのに。

「何？　なんか言いたいことあるなら言えば？」

ダメだ、ダメだ。一番苦しいのは千鈴なんだから。「それ」を口にしたら、俺達の間にある溝が完全に浮き彫りになってしまう。言うな、言うな。

でも、言って楽になりたい自分もいて、それを止めることができなかった。

「千鈴、俺が病気になれば良かったのに、って思ってるんだろ」

「……は？」

「自分なんかじゃなくて、俺みたいに匿名で炎上動画作ったりしてた悪人が代わりに病気になればいいって、思ったりしてんだろ」

　自分で自分を責めたいだけ。そのために、この口論を利用した。

「……有斗、そんな風に思ってたんだ」

　口から出た音は、もう取り消せない。千鈴を信用していたら絶対に出ないはずのこの言葉は、彼女の心を深く抉（えぐ）ったに違いなかった。

「……もういい」

「………………だよな」

　あの観覧車で、泣きそうになるほど救われたはずなのに、それでも時折、こうして自分を責めてしまう。そしてその結果、大事な人を傷つけてしまったことに、また自己嫌悪する。何も成長していない自分が、どうしようもなく嫌いになる。

「今日は撮影中止しよう。一緒にいてイライラするなら、距離置いた方がいいだろ」

「……そうだね」

「データは俺のに移しておくよ。すぐ使うか分からないけど」

　仲良くないクラスメイトを手伝うかのような事務的な態度で、ビデオカメラのデータを自分のパソコンにコピーする。ありがとうの言葉もない。

「……帰ろう」

　一時間分の無駄な延長金を精算し、エントランスを出る。撮影も途中だし編集もしていないからまだ空は夕暮れ。このくらいの暗さなら、送る必要もないだろう。一緒に駅まで行くのも気まずいだけだ。暗黙の了解で、俺は駅と反対側に向かって歩き出した。

俺が悪い、俺が悪い、俺が悪い。何度も、何度も繰り返す。そばにいたいと、並んで歩きたいと、あんなに願っていたのに。

振り返ってみたかったけど、向こうに振り返ってもらえなかったら、と思うと不安で、我慢して真っ直ぐ歩き、角を曲がる。「またね」のない別れは思った以上に寂しくて、俺は急いでイヤホンを耳に嵌め、スマホで好きな曲を流して静寂を埋めた。

「なあ、有斗。昨日の『令嬢とガトリング』見た？」

「見た！　作画やばかったよな」

「分かる！　しかも最後まさか弟が出てくるなんてね！　伏線回収が完璧じゃん」

放課後、教室で話していると他の男子も数名集まってきて、そのままアニメ談義が始まる。まもなく十二月で期末テストを間近に控えているものの、それが終わればクリスマスや冬休みが待っているからか、なんだか緊張感は薄い。

「そう言えば、有斗に教えてもらったパズルのアプリ、めっちゃ面白かった！」

「あ、やってみた？　左脳と右脳両方使う感じで面白いよな。時間無制限でじっくり考えられるのもポイント高い」

こういう時、くだらない話で盛り上がれる友達がいてよかったなあと心底思う。他のことに気を回さなくて済む。教室で話している彼女に、意識を向けないで済む。

あれから数日間、千鈴とは連絡を取っていない。最後のメッセージは、あのケンカの前日に送った「明日はよろしく！」という俺からの連絡。ごめんねの一言くらい送ろうかと何度も考えたけど、既読がつかなかったり、ついても返信がなかったりして、拒絶されていることが分かってしまうのが怖くて、結局何もできていない。ついついSNSの画面を見るたび、「それ以上は踏み込んでこないで」と言われてるような気がして、急いで電源ボタンを押して液晶を暗くする。

クラスでも会話はないし、目が合ってもどっちかが逸らす。たまたま話すことになりそうなときは、俺がうまく他の男子を使ってその場を離れる。そうやって、お互いに接触を避けている。クラスのみんなもなんとなく気付いているかもしれないけど、核心に迫るようなことは訊かれていなかった。

「あ、この動画知ってる？　アメリカ人が日本人の折り紙真似してるヤツ」

「有斗こういうの絶対好きだと思う！　最後めちゃくちゃになるから！」

「お、どれどれ、見せて見せて」

動画の話題に胸をチクリと痛めつつ、一緒にスマホを覗く。今どういうステータスなのかも分からない二人の関係に悩みすぎないために、こうして余所見を繰り返す。

「ねえ、北沢。チーちゃんと何かあった？」

帰り支度をしていると、三橋から声をかけられた。心配そうな彼女に、力のない表情で振り向く。

「なんか、前は教室でも話してたけど、最近全然じゃん」

「ううん、なんでもないよ、大丈夫」

女子は鋭い。ちょっとした関係の変化も見抜く。そして俺がこんな風にやんわり否定することも、きっと予想がついていただろう。

「……ならいいけど。無理しないでね」

そう言って廊下に出ていく彼女に「ありがとな」とお礼の言葉を投げる。心配された通り、無理をしないと笑顔を作るのも難しかった。

「ただいま」

放課後、レンタルスペースにも集会室にも行かず、まっすぐ帰宅する。ブレザーだけハンガーに掛けた後、ワイシャツと制服ズボンのままベッドに倒れ込み、布団に顔を押し付けながらスマホでユーチューブを開いた。

『皆さん、こんにちは。お芝居、楽しんでますか？　演劇ガールです！　最近チャンネル登録が五十人になって、すっごく嬉しいです』

　前回の動画を見返す。クラスでも聞くことの少なくなった千鈴の声は、少し掠れるところもあったけど、相変わらずよく通る、演劇向きの良い声だった。

　そういえば、彼女は病気のことはクラスで公表するんだろうか。喉の調子が悪い、で押し通して手術してから報告するんだろうか。千鈴のことだ、なるべく隠し通したいだろうな。

　ほら、こうやって、ここにいなくなって、俺が何をしてたって、いつも俺の頭を占領してくる。

『ようこそ病院城へ、今まで舞台を観たことない人にもオススメです。地味にポイント高いところとして、セットが二階席にいる人にもしっかり見えるように組まれてるってところですね。たまにあるんですよ、一階じゃないとよく見えないっていうセット。常に金欠の学生は二階席のことも多いんで、これは結構良かったです』

　画面を見ながら、あれこれ考えを膨らませていく。目線は画面に固定しつつも、映像も音もあまり入ってこなかった。

　このまま彼女とは終わりだろうか。こうやって自然消滅するカップルもたくさんいるだろうけど、クラスが同じ分、ちょっとやりづらいな。

でも、それでいいのかもしれない。声を失くした彼女とどうやって付き合っていけばいいのか、まだちゃんと想像しきれていない。デートはどうする？　カラオケ以外に行けないところはあるだろうか？　こっちは声で、向こうは文字で話す？　はぐれたら電話できないから、メッセージかな？　それなら集合場所に迷ったときも一緒だな。ライブとかいっても一緒に歌えないのは向こうが嫌がるかな？

あるかどうかも分からない未来を想像して、少し溜息を漏らす。

もうカフェでおしゃべりもできない、電話もできない。それでも彼女と付き合っていくのだろうか。単に情が移っているだけじゃないだろうか。向こうだって、俺といたらうまくコミュニケーションできずにもどかしい思いをするんじゃないだろうか。

お互い違う生活スタイルになる。お互い違う人生がある。寂しいけど、離れていくのも自然な流れ。病気をきっかけに別れるなんて、きっとよくあることだ。

それに、ほら。やっぱり、あれだけ人を傷つけてきた自分が幸せを摑み取ろうなんて、やっぱりおこがましいことなのかもしれない。俺には動画を作る資格も、幸せを感じる資格もない。いつも通り、脳内のもう一人の自分が「な、結局最後はこうなるんだよ」と嘲る。

仕方ない、仕方ないんだ。自分に言い聞かせる。それは、後で深く傷つかないための細い細い予防線だった。

『ということでこの舞台、一月まではやるらしいので、ぜひ観てみてください！　ちなみに井川十春さんはとても好きな俳優さんなんですけど、特に観てもらいたいのは三年前の映画の……』

動画を見返す。彼女が、楽しそうに演劇について話している。

「ふうう……」

ふと泣きそうになったのを、わざとらしいほど大きな深呼吸で堪える。もっともっと一緒に映像を撮りたかったけど、それももう出来ないだろう。笑ってカメラを回していた日々を思い出してはまた涙がこみ上げ、俺は布団で顔を拭って大きく息を吸いながら、視線をスマホに戻した。

『声、ステキですね！』

動画にコメントが付いていた。そのままスルーしてもよかったのに、なんだかモヤモヤしてしまって、どうにもならなくなって、俺もコメントを投稿する。

『声ももちろんステキだけど、話も上手だし、いつも明るく楽しそうにやってるのが好きです』

そのまま液晶の電源を落とし、考えることを止めて、目を瞑って眠りに落ちた。

「……ぷはっ」

十一月二十八日、木曜日。何も予定のない放課後が、随分つまらなく思える。桜上水駅に向かう途中、奥まった曲がり角にある自販機に立ち寄り、安くなっていた「ストロングソーダ・梅」を買った。動画の中でこれを飲んでる途中に咽たな、なんて思い出しながら、早く帰る理由もなく、さりとてここに長居する理由もなく、口に含んだ炭酸の刺激を感じながら無為に時間を潰す。

「さて、と……」

駅までの通りに戻ろうとしたその時。

「アルト。何してるんだ？」

今のタイミングではあまり会いたくなかった慶と鉢合わせた。

「……いや、あのさ――」

「最近さ、元気ないじゃん」

千鈴のことをどこまで話すか、迷いながら切り出した直後に、慶が口を開く。メガネの奥に見える利発そうな目は、全てお見通しだよ、と言わんばかりにまっすぐに俺を見ていた。

「廊下でも全然こっちに気付かないし、虚ろな目のときもあるから。何かあった？」

「……いや、ああ、うん」

　そこまで読まれていると否定しきれなくて、言葉を濁しながらなんとなく頷く。

「前に話した……大事な人が病気でさ……これから先は今までみたいな関係ではいられなそうで……それに不安になってるうちに、お互いのストレスが爆発しちゃったっていう感じかな」

　慶には前回バレていたので、完全に俺の話として伝える。大分ボカして話したけど、慶はそれだけで概ねの経緯を把握したようで、得心したように腕を組んだ。

「そういうわけだからさ。もう関係もここまでかなって」

「……ふうん」

　彼は溜息とともに相槌を打つ。呆れただろうか。それはそうだろう。こんなこと、くよくよ悩んでても仕方ないのに。

「区切りつけないでズルズルいくのも良くないよな。俺からちゃんと言わないと」

「なんでだ？」

「……え？」

　慶が口にしたのは、たった一言の質問だった。

「なあアルト、なんで別れるんだよ」

「いや、だって、うまく付き合っていけるか分からないし、向こうだって愛想つかしてるかもしれないし――」

ドンッ

最後まで言うことはできなかった。彼に胸倉を掴まれ、自動販売機に押し付けられたから。

「何だよそれ。『分からない』だの『かもしれない』だの、そんなどうでもいい理由で別れる気なのかよ」

「どうでもいいって……」

「どうでもいいだろ、そんなの！」

自販機の後ろから射す西日が鮮やかに彼を照らす。怒りにも近い表情で、俺をキッと睨んでいた。

「アルトはどう思ってるんだよ！　お前は将来の不安とか相手の顔色だけ見て付き合ってるのかよ！」

胸を揺さぶられる。こんなに怒られることなんてほとんどないからこそ、慶が本気で俺に伝えようとしてくれているのがよく分かった。

「結局うまく続かないとしても、愛想つかされてるとしても！　お前自身はどうしたいんだよ！」

自分はどうしたいか。こんなに単純な質問があるだろうか。

そして、急に怒鳴られて余計な雑念が消えた俺の頭の中には、同じくらい単純な回答だけがぽつりと浮かんだ。

「……一緒にいたい」

季南千鈴と、もう少し、同じ時間を過ごしたい。いくら他の答えを探しても、頭の中にはそれしかなかった。

「まだ、もっと、一緒にいたい」

それを聞いた慶は目を丸くする。そして、俺の胸から手を離し、キュッと眉を上げ

「いいじゃん」と微笑んだ。

「やりたいように動いてみればいいと思うよ。後悔しないようにさ」

ずっと我慢していたことを口に出したら、想像以上に迷いが晴れた。自分のやらなきゃいけないことが、一週間ぶりにちゃんと見えた気がする。

「うん、なんかスッキリした。やる気出てきた。慶、俺ちょっと学校戻るわ」

「え？　まだ向こうがいるとか？」

「いや、分からないけど、行くところがあってさ」

「ん、そっか」

彼は満足げな表情を浮かべ、首を伸ばして学校の方を見遣る。

「うまくいくように祈ってるぞ！」

「おう。ホントにいつもありがとな！」

挨拶をして、学校に向かって走り出す。振り返ると、慶は腕を伸ばして、ずっと手を振ってくれていた。

引き返してきた学校の階段を駆け上がり、北校舎三階へ。一応挨拶をして、集会室に入る。

「失礼します」

学校に戻る途中、千鈴にメッセージを送った。

『謝るのが遅くなっちゃったけど、この前はごめんなさい』

言い訳もしない、仲直りしたいとも書かない、一番伝えたいことだけを摘み取っただけの謝罪。人を傷つけてばかりだけど、それでもちゃんと、まっすぐに謝れる自分でいたい。

『わざと嫌なことを言って、辛い気持ちにさせちゃってごめんなさい』

誰もいないと、千鈴は来ないと分かっていても、初めて彼女から相談され、作戦会議をしたこの集会室に来たかった。彼女との関係が戻るまで、ここでホワイトボードやカラーコーンに埋もれながら、自分を見つめ直したかった。

白いレースのカーテンを捲って外を見る。グラウンドと反対側のこっちの窓からは、駐輪場と道向かいの大きなスーパーしか見えない。近くで部活もやっていない、俺一人だけの空間。

この場所にいることに特に意味はないかもしれないけど、それでもここに来て、千鈴との関係の修復を願おうと決めたから。

「……宿題やるか」

運動部が練習を終える時間まで、集会室で英訳のプリントをやり、そのまま帰路についた。


「有斗、今日予定ある？　ファミレス行かね？」

「あー、どうすっかな……ごめん、パス」

「なんだよ、最近付き合い悪いなあ」

「悪いな、ちょっと予定思い出してさ」

期末テストも終わった十二月五日の木曜日、誘いを断って教室を出る。解放感から遊びに行きたい欲にも駆られたけど、やるべきことは分かっているから、遠回りで気分転換しながら北校舎に向かう。痛いほどの冷たい風を素手に受けながら一階の廊下を渡ると、中庭では雑草が震えながら身を寄せ合っていた。

手に息を吹きかけながら階段を上がり、三階廊下を真っ直ぐ歩く。

慶と話した日から、今日で一週間。放課後の日課のように集会室に向かう。行ったって何が起こるわけでもないのに、千鈴は来ないのに。彼女を傷つけてしまった禊のように、あの部屋に行く。彼女からメッセージの返事は来ない。彼女がいない光景を、溝を作ってしまった罪悪感をもう少し嚙み締めて、また何度でも謝る。そんな風にカッコつけてみても彼女は帰ってこないけれど、何もしないよりマシだと思えた。

北校舎三階、西端の集会室。俺と千鈴の始まりの場所。

ガラッ

「失礼しま――」

ドアを開けると、ヒュウッと風が吹いた。窓は開いていて、白いカーテンが揺れている。

「ひさしぶり」

「……おう」

風ではためくカーテンから顔を覗かせたのは、季南千鈴だった。

チョコレートカラーのセミロング、スッキリと目鼻立ちの整った顔、柔らかい笑顔。

二週間ぶりに千鈴をまじまじと見て、細胞が蘇生したかのように体が震える。

「どう、したんだ？」

思わず質問した俺に、彼女は「んーん」となんでもないように答えた。

「なんとなく、有斗いるかなって思ってさ」

彼女は相変わらず魔法使いで、言葉と声で俺の体温を操作する。

千鈴が来てくれた。嬉しい。嬉しい。何を話そう。もう一度謝ったら許してもらえるかな。またやり直せるかな。緊張が解けない中で、脳内のコンピュータは一気に計算を始め、オーバーヒート気味になる。

「有斗さ、動画見てくれてありがとね」

窓に寄りかかったまま、こちらをサッと振り返り、千鈴は首を傾けてクスクスと笑う。いつも教室でちらちら見ていたはずの彼女の顔が、今日は特別綺麗に見える。

「え、あ、なんで知ってるの……？」

「コメントくれたじゃん。名前『アルト』になってたよ」

「あっ、しまっ……」

ほぼ無意識で投稿してしまったから、自分のアカウントにログインしていたことを完全に忘れていた。「楽しそうにやってるのが好きです」なんて書いてるのを見られたかと思うと、かなり恥ずかしい。

「ふふっ、嬉しかったよ」

コスモスみたいに穏やかな笑顔を咲かせ、千鈴は再び窓の外に顔を向けた。

会話が途切れる。どう声をかけようか迷う。でもやっぱり、謝るところからだ。

「千鈴、この前はごめ――」

「私こそごめんね」

カーテンを開けながら、彼女が俺の言葉を遮った。カラカラと、窓を閉める。

「有斗が気遣って、何も言わないで色々我慢してくれてるって分かってたのに、それに甘えちゃって。ちょっと体調がイマイチで家もバタバタしちゃってて、返事も全然できなかったし……」

「いや、もともとは俺が悪いんだ。千鈴の方がしんどいのに、つい頭に血が上ってひどいこと言っちゃったからさ。だから……ごめんなさい」

良かった。ちゃんと謝れた。心残りが消え、あとはちゃんとやり直せるように話し合うだけ。

そう、思っていたのに。

「喉、また悪化しちゃってるみたいでさ」

こっちを見ないままの彼女が、少し掠れた声で話す。まるで昨日テレビで見たバラエティーの話をするような、普通のトーン。

「え……それ、は……動画撮ってたせい――」

「絶対有斗はそういうと思った」

クスクスと笑い声が聞こえる。

「動画は関係ないよ。進行が早いとか薬がちょっと合わないとか、そういう理由」

悪化してるんだ……やっぱりクラスで打ち明けることになるんだろうか。手術まであと一ヶ月くらい。冬休みに入るし、それならあんまり騒ぎ立てられずに……ちょっと待って、あと一ヶ月？　悪くなっているのに「あと、一、ヶ月」のままなのか……？

一つの可能性が頭を過ぎる。あまりに辛い、思いつきたくもなかった仮説。

そして、その仮説は無情にも現実になる。

「手術、早まったんだ。今月の下旬になったの」

「下旬って……」

今日は五日。あと二週間もしないうちに下旬になる。単純な日付の計算ばかりが頭を埋め尽くし、感情を処理しきれない。彼女がバタバタしていたというのも、きっとこの件だったのだろう。

「……早すぎるだろ」

「ね、びっくりしちゃった」

二人で淡々と話す。これは現実だぞ、と警告するように、遠くからサックスの抜けるような高音が響いた。

彼女はどんな顔をしているんだろう。見ない方がいいよな。近づかない方がいいよな。そして俺は、それをクールに支えた方がいいよな。泣いたら彼女が余計辛くなるから。

こっちに向き直らないまま、彼女はふう、と嘆息する。

「クリスマスは無理かなー。一緒に過ごしたかったのに」

君の言葉には魔力がありすぎて、そうやってまた、言葉一つで俺の感情をぐちゃぐちゃにする。

まだ付き合っていられることが本当に嬉しくて、こんな状況でも俺とのことを考えてくれていたのが堪らなく幸せで、そして病気のことがどうしようもなく悔しい。

なんで、どうして。何十回も何百回も思ったけど、なんで千鈴だけがこんな目に遭うんだよ。何したっていうんだよ。

世界は理不尽の塊で、たった一人救われてほしいなんて小さな願いも叶わなくて、そういう世界が大っ嫌いで、それでも君と俺を引き合わせてくれたこの世界は素晴らしくて。三原色の光が混ざると白く見えるように、色んな想いがない交ぜになって頭が真っ白になる。

「ごめんね、そっち向けないで。あんまり見せられない顔してるから」

茶色い髪を煌々と照らす夕日に溶かしながら、彼女は続けた。

「本音言うとね、怖いの。怖くて仕方ないんだ。ホントに……冗談だと思って聞いてほしいんだけどさ、いっそ死んじゃいたいな、って考えたりするよ」

死にたいとか言うな、なんて正論は幾らでも出せるけど、もし俺が千鈴だったら、と思うと引っ込めてしまう。彼女の気持ちを百パーセント理解することはできなくても、自分があと二～三週間で声が出なくなると想像しただけで胸がざわざわする。自分の存在が一部分欠ける、自分が自分じゃなくなる、そんな感覚。

『他の人ならいいのに、って思っちゃうんだよ、私。なんで私なんだろうって。もっといるじゃん、そのくらいの罰が当たっても仕方がない人』

彼女の言葉を思い出す。あの時、泣いてしまって、きちんと返事ができなかった。

「千鈴さ、他の人が病気になればいいのに、って前に話してたよな？」

だから、ちゃんと返事をするなら、今だ。

「俺もそう思うよ。他のヤツがなればいいと思う。俺が代わってあげたい、って言いたいけど、そしたら結局千鈴とは話せなくなっちゃうからイヤだな」

向こうを向いたままの彼女は、髪を揺らして頷いた。

「千鈴の気持ち、俺なりに分かってるつもりなんだ。命なんか要らないって思う気持ちも分かる。でもさ」

そこで小さく息継ぎをする。伝えたい気持ちが溢れる一方で、頭はどんどん冷静になっていった。

「でも、死んだら困るなあ、千鈴とやりたいこと、まだたくさんあるんだよ」

声を失くした千鈴と過ごすことを考えて、一度は勝手に諦めた。生活が大きく変わってしまう彼女と一緒に歩いていくのは難しいし、彼女もストレスだろう、だなんて都合よく言い訳を作って。そして、自分の過去の罪も理由にして、「ほら、やっぱり幸せになれない」と離れる覚悟をした。

でも、それはきっと正しくない。

ユーチューブの、彼女の動画に書いたコメントを思い出す。

『声ももちろんステキだけど、話も上手だし、いつも明るく楽しそうにやってるのが好きです』

演劇のことをあれこれ話してくれる千鈴が好き。いつも楽しそうに接してくれる千鈴が好き。

彼女の何もかもが変わるような気がしたけど、きっとそんなことはない。ただ声が無くなるだけで、俺と彼女の関係まで変える必要はない。千鈴の良いところをたくさん知ったから、声のためだけに離れるのは間違っている、と今なら思える。

「だから、俺のために、死なないでほしい。ワガママだけど」

少し距離を置いたままの彼女は、しばらく黙った後、「分かってるよ」と頷く。

「ちょっと言ってみたくなっただけ。大丈夫、そんなことしない」

そして、少しだけ咽(むせ)たあと、柔らかい声色へと変わった。

「有斗、ありがとね。動画のコメント。ホントに嬉(うれ)しかった」

「いやいや、声だけ褒めてるコメントあったから、他にも良い所いっぱいあんだろって思ってさ。そりゃ千鈴の声は好きだけど……」

自分でその言葉を口にして、唐突に現実が襲ってくる。彼女の声。もう、聞けなくなる。心の揺らぎにシンクロして、自分の声も揺れかけているのが分かる。

さっき、「ただ声が無くなるだけだ」なんて言い聞かせたはずなのに、シーソーのように感情は行き来を繰り返し、また寂しさが戻ってくる。

「俺も本音言わせてもらおうかな」

彼女が辛くなるのは分かってて、彼氏である俺が言ってはダメなことだと分かってて、それでも、抑えきれなかった。

「声なくなるのイヤだなあ」

泣きながら口にした、ただの世迷言(よまいごと)。隠せない本音。

彼女は、俺の彼女の季南千鈴は、もう一度こっちを振り向く。

精一杯の笑顔が、涙でぐしゃぐしゃだった。

「奇遇だね、私もなの」

その言葉を聞いて、彼女に向かって駆け出す。力加減も気にせず、抱きしめる。

「千鈴が喋(しゃべ)れなくなるの、イヤなんだよ」

「私もイヤだ！　話せなくなるのイヤだ！」

「すっごく悲しいんだよ」

「悲しい……ホントに悲しい！　イヤなの！」

二人で抱き合って、大声をあげて泣いた。思い通りにならなくていじけた子どもみたいに、ずっとずっと泣いていた。

第六章　言葉も要らない

「千鈴、準備できた？」

「うん、大丈夫。へへ、久しぶりだと緊張するね」

レンタルスペースで、カメラを構える。椅子に座った彼女は、自信ありげに親指を立てた。

「はい、皆さんこんにちは。今日もお芝居、楽しんでますか？　演劇ガールです！」

「……よし、いけそうなら続けていいよ」

「クリスマスが近づいてきました！　クリスマスの演劇と言えば、ミュージカル『スクルージ』が有名ですね。九十二年初演ですけど、チャールズ・ディケンズという作家の小説を原作とした映画『クリスマス・キャロル』を元にしています。んんっ、有斗、一旦ストップ」

「カット。オッケー、録画止める」

我慢してたのを吐き出すように小さく咳込んだ彼女は、両手で口を押さえて「ふしゅー」と深呼吸した。

仲直りした日から一週間過ぎた、十五日の日曜日。今日は二人とも予定が空いていたので、動画撮影の後にデートをする。動画は一本だけにするつもりだったけど、前回途中で撮影をやめてしまったものが残っていたので、その続きも撮って二本アップすることにした。欲張って朝早くから始めたけど、千鈴は集合のときから「ちょっと早いクリスマスだね！」と意気込んでいる。

といっても今撮っている場所は、クリスマス当日になってもそこまでカップルで賑わうことのなさそうな、都心から一時間離れた郊外の高尾駅。改札から徒歩で十分のところにあるマンションの一室を利用した簡素なレンタルスペースだった。

咳もしていて、頬も若干こけてるように見えるけど、千鈴の喉の調子は前ほどは悪くない。彼女によると、どうせすぐに手術だからという理由で、症状が軽くなるよう強めの薬をもらったらしい。やや心配する俺を余所に、彼女は「今日は前より普通に話せる！」と嬉しくて堪らないというように手で口を押さえて笑っていた。

「見て見て、有斗。今日はこれを飲もうと思って持ってきたの」

「げっ、コーヒーの炭酸って完全に地雷じゃん……」

得意げに胸を張りながら、彼女は「スパークルコーヒー」と大きくラベルに書かれたペットボトルを好奇心に満ちた目で眺めている。

「ふふん、薬のおかげで強い炭酸を飲んでも痛くなくなったからさ、久しぶりに買っちゃった」

「久しぶりなら美味しいって分かってるヤツ買えば良かったのに」

確かにそれもそうかも、と言って千鈴は笑う。ざっくり首元の開いた白のニットセーターに、細い白ストライプの入った黒のロングスカート、以前履いてるときに褒めたムートンブーツ。触り心地が好さそうなセーターはちょっと大きめで、それが可愛さを上乗せしていた。

「それじゃ撮影再開するぞ。五秒前！　四、三……」

「さて、今日は久しぶりに演劇の練習でよく使う早口言葉をやってみたいと思います。『バナナの謎はまだ謎なのだぞ』結構難しいですよね？　ナ行って言いづらいので良い練習になります。グフッグフッ！」

突然咳をする千鈴。でも、本人から合図がないうちは撮影は止めない。彼女がトークを再開するのを待つ。

「バナナの謎ってなんでしょう。閉ざされた洋館でバナナが事件に巻き込まれてるのを想像するとちょっと面白いですよね。ん、有斗、ここまで」

「カット！　大丈夫、今のなら繋げられる」

「ホント！　良かった！」

撮影の仕方も、これまでと少し変えた。「普段の喋りをそのまま届けたい」というかねてからの千鈴の希望に沿うため、話の途中で調子が悪くなっても、彼女が「ここまでは通して喋りたい」と思う部分まで話してもらうことにした。さっきみたいなトラブルがあっても、編集のときにその部分だけ動画を切る。

調子が良ければどこまでも話していいし、途中で咽（むせ）ても千鈴が話したいならキリの良い所までやりきっていい。今の彼女が一番楽なやり方で撮ってあげたかった。

「……ということで、映像で観た舞台『きっと大丈夫、じゃない』の感想でした。ここで恒例の、私が特に印象に残った台詞（せりふ）を演じてみたいと思います」

千鈴は、これまでと同じようにスッと立ち上がって肩の力を抜く。最近まで喉が痛くてほとんどできていなかった演技ができるようになった嬉しさが、きゅっと上がった眉（まゆ）と口角でよく分かった。

『何にもないよ。私には何もない。でもね、何もないってちゃんと知ってた。だから頑張れたんだ。一歩一歩進むことができたの』

彼女のよく通る声がレンタルスペースに響き渡る。後ろ向きな内容にも聞こえるけど、それは日々懸命に過ごしている彼女らしい言葉だった。

「有斗、ちょっとだけ休憩。喉がイガイガする」

「おう、休もう休もう」

机に向かい合って座り、休み時間に寝るときのようにお互いぐでーっと突っ伏す。

彼女が無理せず撮影できるよう、予約は三時間取っておいた。

「暖房あんまり利いてないな」

「そうだね、手が冷たくなってきたよ。ほら」

伸ばしてきた手を、こちらも腕を伸ばして繋ぐ。ゆっくりハグするかのように、指を絡めて握る。

「ふへへ、あーると」

「……ちーすず」

「あ、照れてる」

「照れてない」

スマホも見ない、曲も聴かない、外に出ているわけでもなければ撮影もしていない。ただ「二人でいる」だけの時間。それがこんなに幸せなものだなんて。

「あのコーヒー炭酸、一口あげるからね」

「俺はまずブラックが苦手なんだっての」

「大丈夫、私もだから」

「じゃあなんで買ったんだよ」

バカ話をして、彼女から貰ったのど飴を舐める。調子が戻ったら、ゆっくり撮影再開だ。

「一本目の動画、できたぞ」

「ホント？　見せて見せて」

撮影が無事に終わり、駅前に一店だけあったファミレスで編集・投稿作業。やり方を変えたからか、撮影が順調に進んで二時間で終わったので、ちょっと早いお昼を食べながら千鈴のパソコンを借りて、彼女の買った動画用ソフトで編集した。俺のパソコンでやるつもりだったけど、彼女は動画制作の思い出として、作業した編集データも残したいらしい。

「有斗、ここのテロップさ、喋り始める前に表示されてるけどいいの？」

「喋ってる途中でテロップが出ると、急にテロップに視点移すことになるから、見る人にとってはちょっとストレスなんだよね。だったら初めから表示させておいた方が良いと思う」

「ふむふむ、勉強になるなあ」

いつも使っているノートにペンを走らせる千鈴の横で、二本目の編集に入る。俺もかなり慣れてきたので、切り貼りから効果音入れまでかなりスムーズにでき、二本まとめてアップロードした。

「よし、投稿完了！　ということで、ご褒美にこのポテトは俺が頂きます」

「あ！　一番長いやつ！」

膨れる彼女と「ずるい！」「へへーん」と子どものようなケンカをしながら、残りのポテトを二人で平らげた。

「ふう、ごちそうさまでした。じゃあ、いきますか！」

「だな！」

早足でお会計を済ませ、高尾駅の南口前にあるカラオケ店に向かう。午後のデートは、千鈴が行きたいと話してくれたところに連れていくことになっていた。

「ホントにカラオケでいいのか？」

「うん、カラオケが良い。もう行けなくなるからさ」

彼女はただ寂しそうに笑うので、俺は慌てて看板を指差す。

「あそこだな」

「よし、入ろう！」

都心の方ではあまり馴染みのないチェーン店は、赤い看板に白抜きで書かれた店名が少し汚れていて古めかしさを感じる。受付をして部屋に入ると、千鈴はいそいそとマイクを持ち、電源をつけて口に近づけた。

「さあ、喉が潰れるまで歌うよ！　まずは有斗から！」

「先に入れるんじゃないのかよ！」

撮影が終わった解放感とゆったりデートの幸福感が合わさって、テンションは一気にハイになる。お昼を食べる前に飲んだ薬が効いてきたのか、彼女の声は掠れることもガラガラになることもほとんどなく、俺は九月に動画を作り始めたときの彼女を思い出した。

喉のこと、手術のこと、不安はたくさんあるけど、敢えて口にしない。変に歌詞に想いを込めたりせずに、歌いたい曲を好きに歌う。今だけはただの高校生カップルでいよう、という気持ちは、きっと二人とも一緒だった。

「ねえ、有斗。歌ってるところ撮って！」

曲が始まる前、立ったままマイクを持ってピースをしながら、彼女は満面の笑みを見せる。

「任せろ、全曲撮る！」

すぐにビデオカメラを出して慌てて録画ボタンを押し、撮影しながら彼女にピントを合わせていく。

「♪いーつものー　けーしきがー　いーろーづくー　ごぜんれいじー」

体を揺らして、髪とスカートを靡かせて、千鈴は歌う。液晶越しに見ていたけど、なんだかそれじゃ勿体なくなって、カメラを胸の前で抱えたまま生の彼女に視線を向ける。見蕩れているうちにカメラ本体が斜めに傾いてしまい、「ちょっと、カメラ！　テーブル映しちゃってる！」とツッコミを入れられて、結局三脚を立てて固定した。

「有斗」

「ん？」

聴くのに夢中になっているうちに曲が終わってしまい、急いで曲を選んでいる俺を呼んだ彼女は、斜め上を向いて少し言い淀んだ後、「うりゃっ」と肩にグーパンチを二発当てた。

「楽しいね！」

「だな」

好きな人に楽しいと言ってもらえる。たった一秒の、最高の贈り物。

「あっ、これ私も歌いたい！」

「じゃあ順番に歌おう！」

何曲歌っても飽きることはなくて、はしゃいでいる彼女を記憶と記録に残しながら、二人っきりのライブを堪能した。

「それじゃ、行きますか」

「おう。まずはケーブルカーだな」

カラオケを出て駅前に戻ると、オブジェのように駅前に立っているアナログ時計は十五時を示していた。真っ昼間の明るさは褪せ、日の短くなった空は少しずつ夕暮れの準備を始めている。

二人で京王線に乗り、隣の高尾山口駅へ。今日、千鈴が行きたいと言っていたもう一つの場所、高尾山に一緒に登る。

「へえ、ここから全部徒歩でもいけるんだね」

「百分以上かかるらしいけどな」

「うわっ、それはキツいかも」

都心から離れたこの駅をデート場所に選んだのは、これが理由だった。標高は約六百メートルとそんなに高くないうえに、駅前から出ているケーブルカーでショートカットすれば五十分で頂上まで着ける手軽さが人気らしい。

俺も千鈴も初めて来たので、駅前でもらったガイドマップを見ながらキョロキョロ歩く。

「あった、ここだ」

「ちょうど来るっぽいね」

ICカードをタッチする自動改札ではなく、木の枠で仕切られた有人の改札がとても新鮮に映る。切符を買って駅員さんに渡し、ホームに並んだ。

「あ、来た来た！」

千鈴の声に呼ばれるように近づいてきた黄色い車体のケーブルカーは、「小さい一両電車」という印象だった。山を登っていくためか、窓が車体に対して不自然に斜めになっているのが、どことなく未来の乗り物っぽさがあって面白い。

紅葉も終わった寒い時期なので、乗る人も案外少なかった。着席すると、アナウンスとともにすぐに出発する。

「おー、結構急な坂だね！」

「日本屈指らしいよ。ジェットコースターの上がってるときみたいだよな」

「確かに！」

窓に張り付いて外を眺めている千鈴が「急にグワーッて落ちたりして」とイタズラっぽく笑う。

なるほど、コースの傾斜がこんなに急であれば、窓がここまで傾いているのも頷ける。おかげでいつも乗っている電車と同じように、車窓から自然を堪能することができた。

線路の左右両方に何本もの木が立ち並んでいるその景色は、まるで山の神様にお願いしてここだけ空中に道を通してもらったかのよう。冬なので葉が落ちている木が多いけど、生い茂る緑や一面の紅葉を想像するだけで、その時期にスマホで何枚も撮影する自分が目に浮かぶ。春から秋にかけていつも混んでいるという理由が分かる気がした。

「やった、到着だね！」

「まだだっての。ここから一時間くらい歩くぞ」

「えー、だるーい」

口を尖らせながら後をついてくる千鈴。「だんご」とのぼりが掲げられたお茶屋を通り過ぎ、なだらかな坂道を上がっていく。

「千鈴、冷え込んできたけど、寒くないか？」

「大丈夫！　女子高生は『今が可愛さのピークだ』っていう自信を着込んでるから寒くないの」

「ぶはっ！　なんだよそれ」

日も落ち始めているけど、千鈴と話しているのが楽しくて、暗さも気温もあまり気にならない。

行程も半分を越えると、舗装された箇所はなくなって山道になる。それでも険しすぎるということはなく、高校生の俺達には比較的楽なコースだった。

「あ、標識みっけ！」

「いやー、なんだかんだ歩いたな」

頂上に着いたのは十六時半少し過ぎ。ちょうど日の入りの時刻で、薄明の空はオレンジとネイビーのグラデーションになっている。

疲れていたはずなのに、柵を見つけて競うように走る。他の登山客が少なかったので、景色を二人占めできた。

「うわっ、綺麗……」

「すごい……」

こうやって感動するのはいつぶりだろうか。そうだ、あの観覧車の時以来だ。でも、あの時とは迫力が全く違う。ガラス張りでない、遥か下の光景でもない、すぐそこにある自然。澄んだ空の下、近くには木々の緑と茶色、遠くには日本一の高さを誇る山がくっきりと見える。消えかけの夕日を照明にして、ただただ、茫洋たる景色を眺めていた。

「よっし」

そう小さく呟いた千鈴は、気合いを入れるようにコートの袖を軽く捲る。そして、開いた両手を口の左右に当て、思いっきり叫んだ。

「やっほー!」

すぐに空が彼女の声真似をし、「やっほー」と返ってくる。

近くにいた人が驚いてこっちを見ているけど、彼女は再び叫ぶ。

「私は！　季南！　千鈴だー！」

急な大声でさすがに声が掠(かす)れたものの、誰の目も気にしない。自分の名前を大声で口にした。

「ほら、有斗も」

「えー、俺もかよ」

いいじゃんいいじゃん、と腕を引っ張られる。この暗さなら顔も見えないだろう、というのが都合の良い言い訳になり、お腹から思いっきり「やっほー！」と叫んだ。

「私も一緒にやる！　せーの、やっほー！」

木霊(こだま)が器用に、高低二種類の声を返してきた。

「へへ、これやりたかったんだよね」

満足そうな笑みを浮かべる。そして、調子を探るように俺の目をジッと見つめた。

「有斗」

「どした？」

前髪を触りながら、彼女は口を開けたり閉じたり、唇を微(かす)かに舐(な)めたりしている。

それは、何をどう言おうか、言葉を探すように。

そして。

「手術の日、決まったの」

「……そっか」

さっきのカラオケの時も、何か言い淀んでいた。きっと、これを伝えたかったんだろう。

「二十二日の日曜日」

「来週かよ。急だなあ」

「手術して二、三日は入院が必要だっていうからさ、水曜の終業式に間に合うように日程組んだんだ。ほら、その日ちょうどクリスマスだし！」

「確かに。クリスマスに病室は辛いもんな」

深刻な話とは思えない、穏やかなトーン。覚悟を決めた彼女と、一緒にいると決めた俺。

「準備とかもあるから、動画も今日のが最後だね」

「そっか」

正直、なんとなくそんな気がしてたけど、改めて言われるとやはりちょっと気落ちする。

「でも、今日のは良い出来だったと思うぞ」

だよね、と言いながら、彼女が自分のスマホでユーチューブをチェックした。

「わっ、もう五十回再生だ！　あとコメントも来てるよ！『いつも楽しく見てます、演劇部の中学生です！　バナナの早口言葉、初めて知ったのでうちの部でも今度やってみます』だって。参考にしてもらえるの嬉しいなあ」

幸せそうにスワイプしている彼女を見る。華やかで綺麗な顔が、ぼんやりとスマホの明かりに照らされていた。

「あ、演技にもコメントもらえてる……『雨のち雨の台詞もすごく感情籠ってて良かったです』って……やっぱりこれも嬉しいなあ」

優しい目で画面を見る彼女は、心から喜んでいる表情で、液晶を撫でていた。

「なあ。手術の後とか、お見舞い行けるのか？」

「んん、ちょっと難しいと思う。安静第一だしね。スマホは見てもいいらしいけど」

「じゃあ、で……たくさん連絡するかな」

電話する、と言いかけてしまって、慌てて引っ込める。高校生でただの彼氏だと、お見舞いすら難しい。自分が子どもであることを痛感して、悔しくなる。

迫るカウントダウン、会えないことの寂しさ、彼女との関係の不安。幾つものネガティブな感情が流れ込み、心の中に靄がかかりそうだったので、すぐに眼前の風景に視線を移して落ち着かせる。間違いなく彼女の方が辛いはずだから、俺だけ取り乱したくなかった。

「ねえ」

「ん？」

空の紺色は徐々に濃さを増していき、天から静かに夜が降りてくる。肩を叩かれ、彼女の方を振り向く。

「覚えておいてね、私のこ……こ………え」

暗がりの中で、声を詰まらせながら話す彼女の頬が、微かに光る。それが涙と分かるまで、そう時間はかからなかった。

「当たり前だろ」

「約束だよ、約束」

指切りして、顔を寄せた。嗚咽もない、洟も啜っていない。音だけでは泣いていると分からない。本当に、声と一緒に自然に出てきた涙なのだろう。

「覚えておいてね」

もう一度、千鈴は繰り返す。返事の代わりに、腰に手を回す。景色に目もくれず、彼女を腕の中に閉じ込める。

「有斗」

「はい」

「あーると」

「はい」

「好き」

「おう、俺も好きだよ」

「北沢有斗君」

「季南千鈴さん」

「有斗」

「千鈴」

お互いの口に耳を寄せて、ただ、彼女の声を吸い込んだ。

消えないように。忘れないように。

そこから先は、なんだかあっという間に平日が過ぎていった。

十六日、月曜日。遂に彼女はクラスで病気のことを伝えた。泣きだす友達、好奇心であれこれ訊く男子、色紙の準備を始めるリーダー格の女子。教室の中が慌ただしく動き出す。みんな千鈴と付き合っていることを知っているので、たくさんのクラスメイトから「支えてあげてね」とお願いされた。

「じゃあ、冬休みの宿題を出しておきますね」

「えー！」

クラスの友達が声が出なくなる。そんな大きな事件があったって、授業は当たり前のように普通に進み、何も変わらない日常が過ぎていく。初めはそのことにイライラもしたけど、次第に慣れていった。世界はそうやって、すぐに誰かを取り残していく。だからこそ、その人を大事だと想う人が、隣で見守るのだ。

「いやあ、意外とあっさりだったよね」

「その感想もだいぶあっさりだな」

集会室で、千鈴は苦笑いを浮かべる。日々の不安やストレスが原因なのか、彼女は随分痩せて見えた。

備品だらけの、逢瀬にはやや似付かわしくない教室。ファミレスやカフェで話してもいいけど、ここから始まった関係だから、すっかり二人のお気に入りの場所になっていた。

火曜日、もう火曜日。寝て起きたら水曜日が来て、宿題をこなしたら木曜になって、焦ってるうちに金曜になって、何かしているうちに土曜も過ぎて、あっという間に手術当日になってしまうのだろう。

これまで撮ってきた動画を思い返す。アップした演劇ガールの動画は、三ヶ月で十三本。結構頻繁に撮影していたつもりだったけど、本数で見るとそんなに多くないのかもしれない。

「そうだ、有斗」

「んあ？」

軽い呼びかけに同じく軽いテンションで返事した俺に、千鈴は小指を立てた右手を出した。

「離れないでね！」

いつものノリのまま言うつもりだったであろう、その言葉。彼女の心の内は、精一杯の勇気を込めた震える指が雄弁に教えてくれた。

「……もちろん」

小指を絡め、指切り。慰めでもその場しのぎでもない、本心だった。

「そろそろ帰るね。入院の準備とかあるし」

「ん」

これまで当たり前のように夜までいられたのも、今はもうできない。でも、今生の別れでもないけど、やっぱりなるべく一緒にいたくて「送るよ」と言うと、千鈴はいつものようにむふーっと破顔した。

「電車、空いてるな」

「会社員の人少ないね。忘年会とかかなあ。あ、あのミステリー、めっちゃ面白いって愛弓が言ってた」

「綺麗な表紙のやつだろ？　本屋でいっつも見る」

電車の中で、他愛もない話をする。ついつい終わりを意識して「年が明けたらこうやって話すこともできないな」なんて考えてしまった後、「でも普通にメッセージすればいいな」と思い直す。

そんな中で、俺の視界は一つの中吊り広告、週刊誌の見出しを捉えた。

『きっかけは炎上！　命を絶った若者たち』

煽り文が心を焼く。動悸が激しくなりそうで、すぐに視線を斜め下、千鈴に戻す。塾の広告に載っていた理科の問題を凝視している彼女を見ながら、頭は冷静に一つのことを考え始めた。

彼女の最寄り駅に着く。電車を降り、少し遠い階段に向かって歩く。目をキョロキョロさせながら、何を見るでもなく黙っている俺に気付いた彼女が、制服の袖を引っ張った。

「何考えてるの？」

「……前に投稿してた動画のこと」

歩くスピードをゆっくりにして、彼女は「話聞くよ」と言わんばかりに俺の顔を凝視する。

「あの時から、俺はずっと『動画を作らない』っていうのが償いだと思ってたんだよね。傷付けちゃった人がいるから、もうそういう人を出さないようにすればいいと思ってた。でも、そうじゃない償いの仕方もあるなって思って」

そう、それは、君が気付かせてくれたこと。

「俺は動画を作るスキルを身に付けたから、これからは誰かが幸せになる映像を作ればいいんじゃないかなって。卒業祝いとか誕生日とか、そういうときに使えるようなものを頼まれて作れば、それで誰か喜んでくれれば、それもありなんじゃないかなって考えてる」

傷付いた人が戻るわけじゃない。消すことはできない。でも、他の誰かを笑顔にできるなら、動いてみてもいいのかもしれない。

話を聞いた千鈴は「うん、うん」と肯定して、ぎゅっと腕を絡める。

「良いと思うよ。私も幸せになったし！」

「……ありがとな」

俺が二十分悩んでいたことに、たった三秒で正解をくれる。いつだって君には敵(かな)わない。

「カフェでも行く？」

「ううん、いいよ、家の近くまで来てくれるだけで十分嬉しいし」

改札を出て、千鈴は右手をひらひらさせる。

「ん、いや、でもさ、コーヒー奢(おご)るし」

少しでも長く話していたい、という俺の気持ちを見透かしたうえで、彼女は「ダメだよ！」と止めるようなポーズで右の手のひらをこっちに向けた。

「お金は大事！　冬休みもデートするだろうし、ちゃんと貯めておいてよ」

「……確かに！」

カウントダウンばかり考えてしまう俺に、千鈴はいつも、手の届く少し先の未来を見せてくれる。

きっと否定するだろうけど、やっぱり君は強い人なんだと思えた。

千鈴と同じクラスで授業を受け、一緒に帰る日々。それを数日繰り返し、気が付くと土曜日。明日の昼は彼女の手術だけど、今日会う予定はない。それは当たり前で、入院の準備だってあるし、親戚だって激励に来てるかもしれない。何より、両親と過ごす時間が必要だろう。

両親にとってはどれだけしんどい週末なのだろう。少し前に千鈴のお母さんを見たとき、少しやつれているように見えたのを思い出す。親の気持ちは、子どもの俺にはまるで計り知れなくて、でも思い浮かべるだけで胸の奥のでこぼこした部分を釘で引っ掻かれたような気分になる。

三ヶ月付き合っただけの俺は、この週末は我慢。何をしたって千鈴のことが浮かんでしまうので、勉強や読書はすっぱり諦めて外出した。喧騒に紛れ、音楽を聴きながら本屋のコミックを眺める。

千鈴は今日の昼過ぎから入院と聞いていたので、そろそろ病室に入っているだろう。彼女のことを考えて泣き喚いて過ごすことになるのでは、と自分自身を心配していたものの、拍子抜けするほど穏やかに、時間が過ぎていく。

それでも連絡を断つのは寂しい。電話は難しいと聞いていたので、『返事、暇なときでいいぞ』と前置きして、いつもと変わらないメッセージのやりとり。

『これが泊まる個室だよ！　結構広いでしょ』

『ホントだ、俺の部屋より広いな。笑』

『病院食も美味しそう。低カロリーだし、痩せるかも！』

『今も大分痩せてるから心配だって』

まるでちょっとした検査で入院するかのような軽いトーンで文字とスタンプをやりとりする。普段通りの彼女が愛おしく、一方でどんなに不安か想像もつかなかった。

「ただいまー」

「お帰り。ご飯どのくらい食べる？」

「あー……そんなにいらないや」

家に帰ってすぐ、母親に力なく返事をして部屋でベッドに横になる。気力も集中力もなくうだうだ過ごしてしまって、母親に何度も呼ばれてようやく起き上がり、クイズ番組を見ながら遅めの夕飯を食べた。

どの家庭も同じように時間は流れているはずなのに、我が家は平穏に包まれていて、千鈴は病室にいる。「不公平」だの「くじ運」だのといった言葉が浮かんでは消え、焼き肉のタレで味付けした肉野菜炒めもどんどん味がしなくなっていった。

部屋に戻り、再びベッドに倒れ込む。また千鈴に連絡しようか。まだ二十一時過ぎだし、起きてるはず。でもあまりたくさん送ると俺も不安がっているのがバレて余計な気を遣わせるだろうか。ロックを解除しようとして止め、スマホが飽き飽きしたようにパスワード画面を映し出した、その時。

ブブッ　ブブッ

急にバイブが着信を告げる。画面に表示されたのは「季南千鈴」の名前だった。

「はい」

「もしもし、有斗？　今だいじょぶ？」

「ああ、うん、大丈夫」

気のせいか、随分久しぶりに声を聞いた気がする。以前話していた強い薬を飲んでいるのだろう、とても喉の手術を明日に控えているとは思えない綺麗な声だった。

「そんな長くは話せないから一言だけなんだけど」

「ああ、ううん。かけてきてくれて嬉しいよ、ありがとな」

優しい声が耳にすうっと入ってくる。ちょうどいい温度の温泉に浸かったかのように、胸の辺りがじんわりと温かくなる。

「ねえ、有斗」

「うん？　あ、ちょ、ちょっと待って！」

「へ？　いいけど」

何かを言いかけた彼女を制す。もうすぐ電話も切ることになる。俺が聞ける、彼女の最後の声になるかもしれない。声を残さなきゃ。アプリで録ればいいかな。通話相手の声って録音できるのかな。いっそスピーカーにしてパソコンで録音……

そこまで考えて、やめた。録音したら、いつでも聞けると思ったら、彼女の声を全力で聞けない、受け止められない気がして。もうたくさん形にしたから、最後は俺の記憶の中に残す。

「ごめん、大丈夫」

「なになに、気になるなあ」

頰を緩めたような明るいトーンで笑った後、彼女はもう一度「有斗」と俺の名前を呼んだ。

「大好きだよ。手術、頑張ってくるね！」

耳に当てたスマホから、声が聞こえる。「季南千鈴」が聞こえる。

「……うん、俺も千鈴のこと大好きだ。手術頑張れよ、教室で待ってるぞ！」

いっぱい泣いた二人だから、今は泣かない。エールしかできない自分なりの、精一杯のエール。

「じゃあ、またね」

「おう、またな」

別れを告げて、電話を切る。

無事に終わりますように。またクラスで会えますように。ずっと一緒にいられますように。

おでこに当てたスマホに願いを込めて、落とさないようポケットに入れる。

「……よし！」

声を聞いたからか、気力が復活してきて、俺は明日やる予定だった宿題に手を付け始めた。

◇◇◇

「いってきまーす！」

勢いよく玄関を飛び出し、急ぐ必要もないのに駅に向かって走る。

十二月二十五日、水曜日。終業式で午前中解散というゆったりなスケジュールのはずなのに、早く目が覚めてしまい、七時二十分には桜上水駅に着いてしまった。そわそわしながら通学路を早歩きし、先生が着くのと同じくらいの時間に校門をくぐって、靴箱で上履きに履き替える。

今日は、千鈴が登校する予定。いつ来るか分からないけど、会えると思うだけで何も手に付かなくなる。今日授業がなくて良かった。

手術は無事に成功したということだけメッセージで報告をもらっていたけど、そこからは検査や親戚のお見舞いで忙しかったようで、ほとんど連絡を取っていない。久しぶりに会うのが嬉しくもあり、どんな風に変わっているのか不安でもあった。

ガラッ

ドアを開ける。カーテンを全開にした窓から、光の粒をまき散らして、朝日が射しこんでいる。

右から二列目、前から三番目。教室にたった一人、昨日まで空いていた席に、季南千鈴が座っていた。

「よお、早いな！」

こっちを向いた彼女は、いつものようにむふーっと口角を上げて手を振る。

「久しぶり」

(久しぶりだね)

口をパクパクさせる千鈴。

(有斗、寂しかった？)

「寂しかったっての」

人差し指で優しく頭をつつくと、彼女はキュッと目を瞑って思いっきり笑った。

口の動きで、何を言ってるかちゃんと分かる。それに、声もちゃんと分かる。たくさん聞いた声だから、脳内でちゃんと聞こえる。いつか声の記憶が色褪せても大丈夫。

俺達には、たくさんの動画があるから。

大丈夫。これなら、やっていける。

「なあ、次は何撮る？」

首を傾げる彼女に、俺はビデオカメラを構える仕草をして見せた。

「演劇ガール、続けたいなら一緒にやろうぜ。全部テロップでもいいし、簡単な言葉ならこれまでの音声合成してもいいぞ。千鈴ボーカロイド、俺が作るよ」

そう言うと、彼女は目を丸くして驚く。そして困ったような表情を見せてから、笑って大きく頷いた。

（いいね、やる！）

これから大変なこともたくさんあるだろう。衝突もケンカもきっとある。

お互いイヤになったり、君の言葉や態度に傷付くこともあったりするはずで。

でも、どうせ傷付くなら、やっぱり相手は君がいい。

大好きな、季南千鈴がいい。

「じゃあみんなが来るまでここで作戦会議するか。少し遅めのクリスマスの予定も決めなきゃだしな！」

自分の机に鞄を置きに行こうとした俺の腕を、千鈴が引っ張った。

そして、振り返った俺に向かって、大きくはっきりと、口を動かす。

「……俺もだよ」

そう一言だけ返して、俺と彼女は、言葉も声も要らないキスをした。

今年は終わるけど、来年から千鈴との新しい日々が始まる。そう思って、目の前で笑っている彼女を見ながら、寂しさと一緒に訪れた微かな、でも確かな喜びを噛みしめていた。

噛みしめていた、のに。

終業式が、俺が彼女に会った最後の日で。

彼女が亡くなったと聞いたのは、年明けの始業式だった。

終章　この世界に響きますように

一月六日、月曜日。曜日の並びが悪くて冬休みが短かったな、と思いながら登校した俺を待っていたのは、担任からの報告だった。

「季南千鈴さんが……昨日亡くなりました」

彼女も相当なショックを受けているのか、悲しさを抑えつけるようにやや事務的な口調で話す。しかし、奥底にある感情の揺らぎは隠せず、それは実際の体の振動になって、固く握って教卓に置かれた彼女の手を震わせていた。

「……はっ」

伝聞のような形で千鈴の死を聞いた俺の最初の一言は、渇いた笑いだった。

正月から縁起が悪いし、冗談にしても面白くない。

千鈴が死んだ？　冗談じゃない、数日前に連絡したばっかりだ。「またね」って言ったばっかりだ。まあ、昨日は返信が来なかったけど。ずっと、いつまでも既読はつかなかったけど。

「あ……ああ……」

気付けば口の端から声が漏れていた。その瞬間まで完全にシャットダウンされてた周りの声が、急に聞こえ始める。叫び声とすすり泣くような声、あとはうるさいほどのざわめき。そのノイズが、これが現実であることを残酷にやかましく告げてくる。

千鈴が……死んだ……？　冗談、じゃない……

言葉を咀嚼して、何度も何度も理解しようとして、でも言葉の意味しか分からない。彼女を失ったなんて、実感がない。でも、いないんだ。彼女はもういないんだ。

脳内をノイズが埋め尽くす。会話が聞こえなくなっていく。そこからの記憶は断片的で、授業なんてまるで耳に入らなかった。ただただ、彼女が亡くなったことを、紙が徐々に水で濡れるように、少しずつ心に浸みこませていった。

「……北沢」

あっという間に放課後になり、ぼんやりと椅子に座って、ただ意味もなく机の木目を見ていた俺に、三橋が話しかける。クラスのみんなも千鈴のことで色々言い合っていたけど、途中から出所不明な噂話も交ざってきて、俺から見たら騒ぎ立てる週刊誌のようにしか見えなかった。

「……ねえ、北沢」

「どした？」

顔も見ずに答える。

「大丈夫……？」

「に見えるか？」

誰かを気遣ったり、強がったりする力もない。そのくらい許せよ、と思いながら誰の何の声も耳に入れたくなくなって、今更の昼寝のように机に突っ伏した。

そのままずっと伏していたかったけど、そういうわけにもいかない。仕方なく覚束(おぼつか)ない足取りで廊下を歩いていると、俺を待つように慶が柱に寄りかかっていた。

「……また遊びに行こうぜ」

「…………いつかな」

とっくに話を聞いていたであろう彼の、敢(あ)えて触れない優しさが、今は逆にひりひりと心を撫(な)でる。

彼女と歩いた駅までの帰り道。彼女と時間差で乗ってこっそりレンタルスペースに向かった電車。町のそこかしこに、千鈴との足跡が残っていて、悲しくて仕方ないはずなのに涙は出てこない。

心を占めるのは、虚無。何もかもどうでもいい。いつも出てきていたもう一人の自分すら出てこない。ひたすらに呆然としたまま、からくり仕掛けのように歩く。足を動かせば体も動いてなんとか駅まで進める。人間の体というのは便利な作りだ。

言葉数少なめに説明していた担任の言葉を思い出す。

千鈴が教えてくれていた通り、喉の腫瘍は喉頭ガンと呼ばれる病ではなかった。ただし、悪性の腫瘍であるという意味ではガンと何ら変わりなく、転移することも一緒だった。若い方が進行が早く、全身に転移する点も。終業式に一緒に歩いていこうと約束したはずの彼女の命を、僅か十日ほどで奪ってしまった。

『演劇界の重鎮、逝く』

名前は知っているけど主演作を見たことはない俳優のニュースを電車の広告で目にし、勝手に彼女と重ねる。演劇という単語一つで、シンクロさせるには十分だった。

彼女とは終業式以来会っていなかった。病院で検査があってバタバタすると聞いていたし、手術を終えた年末年始はゆっくりさせてあげたかったので、俺の方から遠慮した。

メッセージの返信は、一昨日の四日で止まったままだ。その日のやりとりは『またね』で終わっていたから何の違和感も覚えなかった。昨日送ったものには返事はなかったけど、四日に病院に行くと言っていたので忙しいのだろうと思っていた。

クラスメイトは皆、葬儀には参加できず、告別式のみ参加できるらしい。「彼氏」

なんてポジションは何の役にも立たないことを思い知らされる。これが動画なら、このシーンだけ、彼女の昨日から今日までのデータを切り取ってしまいたい。四日までなら、彼女は元気でいたのだろうか。手術前に通話していたあの時も辛かった？　終業式のときには転移していた？　あるいはひょっとして、ずっと前からこうなることが分かっていた？

終わりのない思考を巡らせながら、家の最寄り駅で降りて家まで歩き、最後の力を振り絞って玄関のドアを開ける。

「おかえり！　ご飯すぐ食べる？」

「ああ……今日は食べてきた……もう寝るわ」

食欲がないのをごまかしたのは心配をかけないためじゃない。余計な詮索をされたくないから。

ベッドに倒れ込む。フレームで打った脛の痛みが、これが全て現実だと無情にもズキズキと知らせてくる。鉛のように重い体に、間もなく下りる夜の帳の如く暗い心を宿して、その日は制服のまま昏々と眠った。

次の日は学校を休んだ。電車の中で風邪をもらったらしいと言えば、本当の理由には触れられずに休める。今が冬で良かった。

休んだからといって何をするでもない。フリースとジャージに着替えて、本当の病人だってもう少し動くだろうと思うほど、ひたすら横になって眠る。体を休めたい、心を休めたい、そしてそれ以上に、何も考えたくない。逃げ込む先は、夢の中だけだった。

それでも、寝続けることはできない。夕方には完全に目が冴えてしまい、千鈴を一昨日に置き去りにしていく時計の秒針をじっと見つめる。少しずつ頭が活動を始め、記憶を辿っていく。

思い返すと、幾つもヒントのようなものがあったように思う。彼女が随分痩せていたのも、その兆候かもしれない。

一度彼女が感情を爆発させたとき、「時間がないのに！」と頻りに叫んでいた。あれはもちろん声帯の摘出のこともあったんだろうけど、ここまで考えてのことだったのかもしれない。

そういえば彼女のお母さんもやつれているように見えた。あの時、既にこうなる危険性があったのだとしたら……もはや想像を絶する心の痛みだったに違いない。

「あ……」

唐突に高尾山に登ったときのことを思い出し、声が漏れる。彼女と抱き合ったときの言葉は、今でも鮮明に焼き付いている。

『覚えておいてね、私のこ……こ…………え』

私の声、と、本当に彼女はそう言いたかったのだろうか。

私のこと、と、そう言いたかったのではないだろうか。

どれも確証はない。それでも、いつだって強がって、俺のことを気遣ってくれていたのだと感じる。

でもそこには、彼氏彼女の関係なのに秘密にされていたという微かな怒りも湧いてきて、心の中は整理されていないおもちゃ箱のようにぐちゃぐちゃになる。

「……寝よう」

誰に聞かせるわけでもなく独りごちる。何でもいい、千鈴がいないなら、もう何もかもどうでもいい。そう思いながら頭から毛布を被り、無理やり目を瞑って眠りに落ちていった。

「有斗、大丈夫かい？」

夜、母親が部屋をノックする音で起こされた。千鈴が亡くなったという連絡が親にも一斉に回ったようで、クラスメイトが亡くなったことにショックを受けているのでは、と心配して様子を見に来たのだろう。時間は二十一時で、少しだけ上体を起こしてカーテンを開けてみると、すっかり町は静寂に包まれていた。

「うん、大丈夫だから」

ぶっきらぼうに答えて追い返した後、起き上がる気にはならなくて、寝たままスマホを触る。大したメッセージは来てなくて、そんな大したことないニュースで彼女とのやりとりが下へ下へ追いやられることが嫌で、機械的にスワイプして消していく。

そして、ゲームもネットも、もちろんユーチューブも見る気にならなくて、何の気なしに、忙しなくてこの二週間全く見られてなかったメールボックスを開いた。

ポンッ

音とともにメールボックスが更新され、大量のメールが届く。その中に交じって一件、よく見た名前からメールが届いていた。

『季南千鈴』

反射的に飛び起きる。

「これは……？」

件名は「有斗へ」、本文にはユーチューブのリンクが一つだけ貼られている。

机に座ってノートパソコンを開く。ずっと寝ていたせいか、体のバランスを取るのが難しい。徐々に速くなっていく鼓動を落ち着かせながらURLをクリックする。それは、「12月20日」という彼女が声を失う前の日付がタイトルになったユーチューブの動画だった。

「やっほ。有斗、見てる？」

映っているのは、カーディガン姿の季南千鈴だった。後ろのベッドを見るに、自分の部屋で撮っているらしい。演劇ガールの新作かと思ったものの、再生数は本人が確認したのであろう一回しかなく、リンクを知っている人しか見られない限定公開になっているようだ。

「えっと、今は十二月二十日です。明後日は手術なんだけど……正直もうダメかもな、と思ってて。だから思い切って動画撮ってみたの。頑張って編集するよ。だからもし、私が普通に戻ってきたら、笑って一緒に見よう。スマホじゃなくて大きい画面で見てほしいから、メールアドレスに送るつもりです！　だからすぐには送ったこと気付かないかもね」

これは、死を悟った千鈴からの、最後のビデオメッセージだ。彼女の説明で、なぜメッセージじゃなくてメールで来たのか、という疑問も解消した。

もうダメかも、のところで彼女は少しだけ寂しそうに眉尻を下げていた。強い薬を飲んでいるおかげか喉の調子は完全に治っていて、九月や十月に撮ったときと同じだった。よく通る、澄んだ彼女の声。記憶の中の彼女より更にやつれていたけど、溌剌さを感じさせる笑顔だった。

「えっと……演技、ちゃんと騙せたかな？　実は声をかけたときから、体に転移しちゃうかもって話は聞いてて、少し覚悟はしてたの。でもね、有斗には言い出しづらくて、声が出なくなるって話で止めちゃったんだ。気付いてた？　気付かなかったなら、私の演技力が凄かったってことだよね！」

　もうすぐ訪れる運命を知っているだろうに、あまりにも明るいトーンの彼女に驚いてしまう。そして、その明るさも、「騙せた私の勝ちね！」と笑うその元気も、全て強がりであると分かっていた。本当の彼女は、声を失うのが怖くて怖くてずっと震えているような子だから。

　でもなるほど、この先の展開が読めた。こうやって明るいスタートにしておいて、ここからこれまでの思い出とかお礼とか、たくさん振り返って俺を泣かせにかかるんだ。動画の最後に「泣いた？」とか感想を訊かれるに違いない。

　フッフッフ、お見通しだぞ。千鈴らしい作戦だけど、そうと分かれば対策はできる。感動的な言葉があっても、「これは罠だ！」と思えば、対抗意識で我慢できる。心の準備はバッチリだ。

「あ、先に言っておくと、この動画、別に泣かせる動画じゃなくて雑談だから！」

「…………はい？」

「こうやって動画撮るの、もうできないから、やってみようかなって。だから、有斗だけに送るビデオレターみたいなものだと思って、聞いててね！」

一人で納得したように俺はコクコクと頷く。なんだ、違うのか、心配して損した。

「んー、何から話そうかな」

BGMに小さくボサノバのような音楽が流れ、右上に「有斗へ」とテロップが出る。

シンプルな編集な分、千鈴にばかり目が行く。

心配して損した。そう思ってたのに。

「これが自宅だよ～。どう、女子の部屋、ドキドキする？　えへへ」

「そういえばさ、山添先生の冬休みの宿題、ひどくない？　英文三十個も暗記って、アレ絶対冬休み明けにテストじゃんね！」

「有斗のところは初詣ってどうしてるのー？　うちは元日に家族で行くって決まってるんだよね。よく漫画でさ、両思いの二人が年が変わる瞬間を初詣で迎えるシーンあるじゃん？　あれ、ホントにあるのかなって思うよね。親が許さないところ多そう」

「あ、これ見て！　新しいカーディガン！　ブラウン系持ってなくてさ、買ってみたんだよね。さて、問題です、じゃじゃん！　これ、幾らでしょう？　正解は……ドゥルルルルル……千六百円！　セール最高！」

「最近、寝る前にこれ読んでるの。覚えてる？　少し前に電車で話したミステリー。でも読み出すとすぐ眠くなっちゃってさー。全部読んだら有斗にも貸すね！」

彼女の言う通り、二十分間、本当にただの雑談だった。手術の話もなければ、不安の吐露もない。ただただ普通に翌週にも続いていきそうな、彼女の日常を切り取っただけ。

編集も下手くそだ。初めて彼女が一人で編集したんだろう。一本撮りだから画面の切り替えなどはないけど、話してる内容のテロップも変なタイミングで出たり消えたりするから気になるし、BGMも思いっきり声に被ってるし。

でも何でだろうなあ。不思議だなあ。

「千鈴……ち……すず……うう……うああ……………」

頬が熱くて仕方がない。

動画の長さを示すバーがどんどん右端に寄っていく。もう少ししたら、話している彼女とは、季南千鈴とはお別れ。もう彼女のことは見られない。季南千鈴は、もうどこにもいない。どこにも。

それが寂しい。ただただ寂しい。水槽の水が循環するように、寂寥感が心のあちこちを撫でていく。

そして、動画は最後の三分になった。

「じゃあ最後に、これまで動画でやってきた中で一番好きだった台詞を、もう一回届けるね」

　そう言って彼女はスッと立ち上がり、目を閉じる。瞼を開けると、カメラには具合が悪いとは思えないくらい気力を漲らせた瞳が映った。

　ピンと背筋を伸ばす。彼女が大きく息を吸う音が聞こえる。

『ワタシね、この世界で与えられたものは、使い切った方がいいって思ってるの。それは時間であれ、能力であれさ。人生でもらったものは使い切りたいし、たとえ使い切れなかったとしても、そういう覚悟でいたいな、とは思うんだ』

　久しぶりに聞いたこの台詞。今思うと、なんて彼女にピッタリなんだろう。

　十月の撮影で聞いたんだっけ。記憶が曖昧だ。もっと、もっと覚えておけばよかった。時の流れに負けないくらい、記憶に焼き付けておけばよかった。

「ねえ、有斗」

　彼女は、優しい表情のまま、俺の名前を呼ぶ。何度も何度も呼ばれた、俺の名前。

「命も喉も、使い切った！　演劇いっぱいできて良かった！　ユーチューブできて良かった！　有斗……好きだった！　この三ヶ月間、楽しかったよ！」

　そんなお礼言わなくていいのに。全部過去にしなくていいのに。

　彼女の表情が少しだけ変わる。眉を変な形に下げて、口を曲げている。まるで、泣くのを我慢しているかのように。

「もし私のワガママ聞いてもらえるなら……動画、たくさん見て！　別に拡散しないでいいから。クラスの子にも教えなくていいからね。だから、だから……」

声が揺れる。大好きな声が、湿って揺れる。

「有斗に見てほしいなあ。もういられないから……もう一緒にいられないから！」

彼女の涙にシンクロするように、俺の頬がまた濡れる。

失ってから初めて気付く、なんて陳腐な表現を何度も目にしたことがあるはずなのに、やっぱり俺はバカで、こんなに愛しいと、失って初めて気付くんだ。

「えへへ……ほら、泣く演技上手でしょ？　そんなわけで、じゃあ、またね。演劇ガールでした！」

そこで動画は終わった。

「……演技じゃないだろ」

泣きながら吹き出し、「……んっ！」と力を込めて、涙を止める。

彼女が最後まで前を向いていたから、どれだけ心に暗がりがあっても俺の前で笑ってくれていたから、俺もそれに応えたい。彼女に恥じない自分で一緒に歩けるように、同じ方向を向きたい。

たった三ヶ月だけど、俺は季南千鈴の彼氏だったから。

「……よし」

散々泣き腫らしたからか、視界が急にはっきりしたような感覚。やりたいことが、フッと浮かんできた。

ノートパソコンを開き、ビデオカメラをケーブルで繋いだ。これまで撮った全てのデータを、パソコンに移していく。

一つ一つのデータを見ていった。ユーチューブの動画一本ごとに、NGのデータやオフショットの映像が十分ちょっと。それに手術前のデートのカラオケで撮ったのが一時間。合計で大体四時間くらい、「撮っただけで使っていない映像」がある。

「やるか！」

時計は二十二時を指している。編集ソフトを開き、初投稿のときに使っていなかった動画ファイルから編集を始めた。

まずはNG集ってことでNGをまとめようかな。タイトル画像もつけよう。BGMは何がいいかな。ちょっとバラエティーっぽいフリー音源があったはず。千鈴が好きだったジングルも使いたいな。

噛んだところはテロップ。「コケッ」って効果音を入れて……あ、スタッフが笑ってるみたいな声も入れてみよう。

思いつくまま、どんどん編集を進めていく。カメラに眠っていた映像が、作品になっていく。

別に誰に公開するわけでもない。限定公開で、彼女のアカウントでアップしたい。ちゃんとした動画は、世界中に届けた。いつでも、誰にでも見てもらえる。だからこれは、誰に見てもらえなくてもいい。「俺は君の声を一つ残らず聞いたよ」と、伝わればいい。「君の声はこんなに素敵だって、俺は知っているよ」と、空の上で見ているはずの君にだけ響けばいい。

二十分間の未使用動画を使って編集するのに一時間弱かかっている。元ネタの動画ファイル、四時間分あるぞ。このペースだと十時間以上かかるな、大丈夫か。

「画像やBGM使い回して……まあ朝までには」

無謀なことを口走りながら、カチカチとマウスを動かす。気の長い孤独な作業になりそうだけど、それもなんだか楽しくて、口元は自然と緩んだ。

「……ふう」

気が付くと長針はぐるりと何周か回っていて、下山を始めた短針はもうすぐ数字の一に着くというところ。カーテンを開けると冷気がヒヤリとやってくる。半月より少しだけ窪(くぼ)んだ月が、雲の合間を縫って柔らかい光を放っていた。

長時間集中して作業していると喉も渇いてくる。家に麦茶しかないことを思い出し、「ちょっとコンビニでも行くか」とこっそり家を抜け出して、チャリで五分。気分転換にもちょうどいい。

白色の明かりで眩しく照らされたドリンクの棚を、上から下まで蛇腹を描くように視線を動かして見ていく。

どれにするか、と探す中で目に留まったのは、一本の黒い飲み物だった。

家に帰ってきて、静かに蓋を開けて、おそるおそる口をつける。

「ぐえっ」

苦さに思わず顔を顰めた。

彼女が一番最後に撮影していたときに飲んでいた「スパークルコーヒー」は、シュワシュワとした爽快感と不得意なブラックコーヒーの味がびっくりするほどマッチしない。大人はこれを好きこのんで飲むのだろうか。

千鈴が飲んでいるときに面白がってカメラを回していたことを思い出し、どんなリアクションをしていたか気になって見返す。画面の中では、彼女も緊張の面持ちでペットボトルを持っていた。

『いただきます……ぐえ』

「ぶはっ！」

同じリアクションをしていたことが、なんだか無性に可笑しくて笑ってしまった。

彼女も『やっぱりブラックはちょっと苦手！』と首を振っている。

ここまで似てるから、惹かれたのかな。それとも、片方がもう片方に似たのかな。

どっちでもいい。似てるだけで、十分幸せだった。

「んじゃ、戻りますか！」

もう一口飲んでキャップを締め、右手の拳を左手に打ち付けた音を合図に再開する。

やっぱり苦いけど、千鈴も同じものを飲んだかと思うと嬉しくなる。

「ここでこっちの動画も交ぜてみるかな……」

NGに加えて、本番撮影以外のオフショット動画も編集していく。楽しげに笑っている姿、真剣な表情、うまくいかなくて苛立っている様子、そういう彼女の全てが、声とともに記録されていた。

『皆さん、こんにちは。お芝居、楽しんでますか？　演劇ガールです！　今日も見てくれてありがとう……今日も演劇大好きです……いや、今日も元気ですか……ちょっ、有斗君、練習は撮らなくていいの！』

十月頭の映像も、こうして見ると随分昔に思える。

映像を切り替えるときの特殊効果、コンマ単位で調整するテロップ、毎回変えるBGM。一つ一つに、千鈴への想いを込めながら、編集していった。

ねえ、千鈴。君は「有斗が動画のことを教えてくれて、自分を救ってくれた」なんて言ってたけど、それは逆だよ。救われたのは俺なんだ。

誰かを炎上させることにしか使っていなかった自分の力を、君のために使うことができた。君が「自分の声を、自分の命を使い切る」ことに活かすことができた。それが俺にとって、どれだけ嬉しいことだったか、君には想像もつかないだろう。

だからこそ、これからは他の人を幸せにするために動画を作ろう、なんて考えることができた。全部、君のおかげなんだ。本当にありがとう。

そして、やっぱり君が好きだったな。声を失くした君とうまくやっていけるか不安になってたけど、それでも、それだけの理由で諦めてしまうには、離れてしまうには勿体ないくらい、君は素敵で大事な人だった。

だから悔しい。君と一緒にいられないことが、すごくすごく、悔しくて寂しい。一緒にいてくれてありがとうって想いと、これからも一緒にいられなくて残念だって想いと。

その感謝と愛情を、もう面と向かって伝えられないし、本当に面と向かったら照れて上手く伝えられない気がするから、動画にして贈ろう。いつでも俺が見返せるように、いつでも君に見てもらえるように。これは、俺と君が全力で笑って泣いて過ごした三ヶ月間の記録だから。

「くあっ……」

椅子の背もたれに寄りかかって体重をかける。画面とにらめっこを続けて固まった体を伸ばし、もはやすっかり炭酸の抜けたブラックコーヒーを一口飲んだ。

八日の水曜日、午前六時半。覚醒した頭で仮眠も取らずに半日作業を続け、全ての動画を作り終えた。これまで公開している十三本の動画の撮影NG・オフショットを一本ずつ分けてまとめた特別編と、カラオケの動画にテロップをつけた前後編の動画、合計十五本。彼女のアカウント情報を知っているのをいいことに、限定公開でアップロードする。

拡散しない限り誰も見られない。君の両親だって、君のアドレスとパスワードを知らなきゃ見られない。だからこれは、俺達二人だけの秘密。俺達しか知らない、付き合った証。

疲労でベッドに倒れ込む。あと三十分したら登校準備だ。どうせ大して寝られないだろう。でも今はこのままでいたい。君に両腕で包まれるような気分で、このマットレスに沈んでいたい。

彼女との色々な思い出に浸りながら、ストンと意識が落ちるように十五分だけ眠りに落ちた。

　眠い目を擦(こす)りながら学校へ行く。二日ぶりの学校だけど、まったく話題にも触れられないくらい、朝のホームルームから千鈴の話ばかりだった。

「なにか……なにかさ、してあげられることないのかな」

「分かる。告別式だけなんて寂しいよ……」

　一昨日(おととい)、頭が真っ白だったときはみんな興味本位で千鈴の話をしているように思ったけど、今ならちゃんと分かる。誰もが、彼女のことを悼(いた)んでいる。先生もそれを分かっているからこそ何も言わないで、無理に話題を変えることもせずにこの時間を過ごしている。彼女のことを想う時間そのものが一番の供養になるのだと、そう思っているのかもしれない。

　彼女に向けて、クラスメイトとしてもう少しできることはないかと、みんなが悩みながら話している。俺もそれを聞きながら思いを巡らせたけど、良い案は浮かんでこない。

「お別れ会とか、かな」

「千鈴ちゃん、いないのに？」

「それでもいいじゃん。ちゃんと挨拶したいし」

「挨拶かあ。私、お別れのメッセージ撮って千鈴宛てに送っちゃった。もう見られないのにね」

一人の女子の言葉を耳にして、不意に頭の中で、いつかの電車での千鈴との会話が蘇る。

『俺は動画を作るスキルを身に付けたから、これからは誰かが幸せになる映像を作ればいいんじゃないかなって。卒業祝いとか誕生日とか、そういうときに使えるようなものを頼まれて作れば、それで誰か喜んでくれれば、それもありなんじゃないかなって考えてる』

『良いと思うよ。私も幸せになったし！』

やるなら、今。動くなら、今だ。


「あ、あの」

一斉に教室中の視線が集まり、体が強張る。

「俺さ、動画なら作れるんだ」

クラスメイト達が驚いたような顔をする。緊張で唾を飲む。

「俺、ずっと千鈴と一緒に、ユーチューブの動画を撮っててさ。自分の声がもうすぐ出なくなるから、その前に自分の声を残したいって言って、好きな演劇とか紹介するチャンネルを作ったんだよ。それを一緒にやってく中でお互い仲良くなって付き合うようになったんだ。亡くなるほど病状が重いなんて知らなかったけど」

クラスメイトの「チャンネルだって」「知らなかった」という声が聴こえる。みんなが知らない千鈴を、知ってもらいたい。

「動画の中でさ、千鈴、たくさん演劇について語ってるんだけど、本当に演劇が好きだったんだよ。いつもいつも、観た作品の感想話したり、印象的な台詞（せりふ）をマネしてみたり……すごく活き活きしててさ、大好きだったんだろうなって思う。容体が悪くなる直前まで、動画を撮ってたよ。うまく声が出ないときも、何度も撮り直して、演劇のこと語ってた」

ちっともまとまらない話を、みんなが茶化すことなく聞いてくれる。その優しさに、とても救われている。

「だから、余計に悔しいんだ。もっともっと彼女に、大好きなお芝居に触れさせてあげたかったって。俺ももっと動画を撮ってあげたかったし、もっと、そばにいたかった。でもね、きっと千鈴は後悔してないと思う。千鈴の好きな台詞で『ワタシね、この世界で与えられたものは、使い切った方がいいって思ってるの』っていうのがあってさ。本当に、うん、その台詞の通りに生きてたと思うよ。喉も使い切ったし……命も……本当は、使いきってほしくなかったけどね。でも、もう千鈴はい……いな……いな……」

次の言葉がなかなか音にならない俺の口の端に、温かい水が滑り落ちた。知らないうちに、涙が溢れていた。顔を拭って、話し続ける。

「もう千鈴はいないけど、せっかくだから生きた証を、俺が知っている彼女の全てを、ちゃんとこの世界に形にして残してあげたいんだ。それに、俺だけが知ってた千鈴がいるように、みんなだけが知っている千鈴もいるはずなんだ。千鈴がこれまでどんなふうに過ごしていたか知りたいし、それだって全部残したい。俺が、きちんと動画にするから、みんなが持ってる動画とか写真、送ってくれないかな」

長々とごめん、聞いてくれてありがとう、と頭を下げる。

しばしの静寂の後、皆の声が、少しずつ聞こえだした。

「北沢君、ありがとう。すごくいいと思う。動画結構持ってるから送るね」

「私も、すぐ送る！」

皆が頷き、次々と賛同してくれる。

「ねえ、グループアルバム作って、そこに追加していこうよ」

「ご両親に贈ってもいいんじゃないかな」

すぐにスマホに大量の通知が来て、千鈴の写真や動画がどんどん集まってくる。

愛しい君の、色んな顔が見られる。

千鈴、やれるだけやってみるよ。せっかくの特技だから、使い切るんだ。命を使い切った君に、誇れるように。

空席を見つめる。「演劇ガールでした！」と、大好きなあの声で話して、笑ってる気がした。

あとがき

こんにちは、六畳のえるです。本作を手に取ってくださりありがとうございます。

この作品は、ユーチューブの動画制作が一つのテーマになっています。ある事件をきっかけに制作をやめてしまった主人公の有斗と、声帯の摘出が決まっていて自分の声を残したい演劇部所属のヒロイン千鈴が、ユーチューバーを始める。その中での、短くも濃い三ヶ月を描きました。

私自身、高校から大学まで映画制作をやっていて、その時の撮影や編集の経験も詰め込みました。そして、深夜ラジオ好きが高じて今でも趣味でネットラジオなどをやっている自分にとって、「声が失われる」という表現手段の喪失は想像するだけで震えるほど恐ろしいことです。そんな、私の中の身近なテーマを組み合わせて綴った青春小説、ぜひ最後までお楽しみください。ちなみに、個人的に一番好きなところは、物語後半の登山での、頂上に辿り着いた後のシーンです。二人で名前を呼び合うだけの、あの会話が書きたくて、それまでのストーリーを紡いでいたのかもしれません。

それでは、ここからは謝辞を。まずは担当編集の伊藤様。「第2回　魔法のiらんど「恋愛創作コンテスト」で本作を奨励賞に選んでくれたからこそ、こうして書籍を出すことができました。繊細で丁寧な指示をいただき、より等身大に、魅力的になった有斗と千鈴を世に送り出す機会をくださったこと、本当に感謝しています。

次に、装画を担当いただいたＬＯＷＲＩＳＥ様。カメラの前で笑顔も涙も見せる千鈴と、そんな彼女を優しく見守るように撮影する有斗。二人の関係性がこの一枚で分かってしまうような、素晴らしいカバーイラストでした。ラフを見たときから、早くこれをたくさんの人に見せたい、と待ちきれませんでした。

そして、いつも塞ぎこみがちな自分を支えてくれる作家仲間、息抜きでお邪魔する行きつけの店で話を聞いてくれる長い付き合いのスタッフ、大事な友人や大切な家族……多くの方々のお力添えでこの本はできあがりました。ありがとうございます。

それでは、また次の作品でお会いできることを願って、最後に読者の皆様へ最大限の感謝を。皆さんがいるからこそ、経験が浅い自分でも作家を続けられています。心の中で、一人一人にお礼を言わせてください。それこそ、声が掠れるほどに。

二〇二四年六月

本書は、第2回魔法のiらんど恋愛創作コンテスト〈苦しい程に、切ない恋部門　奨励賞〉受賞作を加筆修正・改題のうえ、文庫化したものです。

僕の愛した君のすべてが、この世界に響きますように

六畳のえる

令和6年 7月25日　初版発行

発行者●山下直久

発行●株式会社KADOKAWA
〒102-8177　東京都千代田区富士見2-13-3
電話　0570-002-301(ナビダイヤル)

角川文庫 24237

印刷所●株式会社暁印刷
製本所●本間製本株式会社

表紙画●和田三造

◎本書の無断複製(コピー、スキャン、デジタル化等)並びに無断複製物の譲渡および配信は、著作権法上での例外を除き禁じられています。また、本書を代行業者等の第三者に依頼して複製する行為は、たとえ個人や家庭内での利用であっても一切認められておりません。
◎定価はカバーに表示してあります。

●お問い合わせ
https://www.kadokawa.co.jp/(「お問い合わせ」へお進みください)
※内容によっては、お答えできない場合があります。
※サポートは日本国内のみとさせていただきます。
※Japanese text only

©Noel Rokujo 2024　Printed in Japan

ISBN 978-4-04-115010-8　C0193

◇◇◇

角川文庫発刊に際して

角川源義

第二次世界大戦の敗北は、軍事力の敗北であった以上に、私たちの若い文化力の敗退であった。私たちの文化が戦争に対して如何に無力であり、単なるあだ花に過ぎなかったかを、私たちは身を以て体験し痛感した。西洋近代文化の摂取にとって、明治以後八十年の歳月は決して短かすぎたとは言えない。にもかかわらず、近代文化の伝統を確立し、自由な批判と柔軟な良識に富む文化層として自らを形成することに私たちは失敗して来た。そしてこれは、各層への文化の普及滲透を任務とする出版人の責任でもあった。

一九四五年以来、私たちは再び振出しに戻り、第一歩から踏み出すことを余儀なくされた。これは大きな不幸ではあるが、反面、これまでの混沌・未熟・歪曲の中にあった我が国の文化に秩序と確たる基礎を齎らすためには絶好の機会でもある。角川書店は、このような祖国の文化的危機にあたり、微力をも顧みず再建の礎石たるべき抱負と決意とをもって出発したが、ここに創立以来の念願を果すべく角川文庫を発刊する。これまで刊行されたあらゆる全集叢書文庫類の長所と短所とを検討し、古今東西の不朽の典籍を、良心的編集のもとに、廉価に、そして書架にふさわしい美本として、多くのひとびとに提供しようとする。しかし私たちは徒らに百科全書的な知識のジレッタントを作ることを目的とせず、あくまで祖国の文化に秩序と再建への道を示し、この文庫を角川書店の栄ある事業として、今後永久に継続発展せしめ、学芸と教養との殿堂として大成せんことを期したい。多くの読書子の愛情ある忠言と支持とによって、この希望と抱負とを完遂せしめられんことを願う。

一九四九年五月三日